Carmen Blazejewski wurde 1954 in Grimma/Sachsen geboren, studierte Theaterwissenschaft und arbeitete am Berliner Kindertheater, an der Volksbühne sowie im DEFA-Studio für Spielfilme in Babelsberg. Seit 1986 ist sie freie Autorin und schreibt Drehbücher, Hörspiele, Theaterstücke, Prosa und Lyrik. Carmen Blazejewski wurde mehrfach ausgezeichnet, u.a. mit dem Publikumspreis des Max-Ophüls-Festivals Saarbrücken.

CARMEN BLAZEJEWSKI

STÖRTEBEKERS TOCHTER

VERLAG FRIEDRICH OETINGER
HAMBURG

Die Bücher von Carmen Blazejewski im Oetinger Verlag:

Der Reiterhof am Meer
Hauptsache, du bist meine Freundin
Störtebekers Tochter

Einband von Patrick Hespeler
Satz: Utesch GmbH, Hamburg
Druck und Bindung: Clausen & Bosse, Leck
Printed in Germany 2001

ISBN 3-7891-3141-5

1

Als Stine geboren wurde, tobte ein wildes Sommergewitter.
Die große Scheune des Ritterguts ging in Flammen auf. Die halbe Ernte lag schon darin. Stroh und Korn nährten die Flammen und sie schlugen hoch in den Himmel. Die Leute rannten herum und schrien und versuchten zu verhindern, dass der Brand auf das ganze Dorf übergriff.
Nur Stines Mutter lag im Haus des Schmiedes auf einem Strohsack, als ginge sie das da draußen nichts an. Sie musste ihr Kind auf die Welt bringen. Eine Arbeit war das, schwerer als all die viele Arbeit, die sie kannte. Den ganzen Tag ging die nun schon und niemand half ihr dabei.
Der Schmied war außer ihr der Einzige, der wusste, dass Stine heute geboren werden sollte. Gleich hatte er sich davongemacht, denn er wollte vom Kinderkriegen nichts wissen.
»Schließlich bin nicht ich der Vater«, hatte er gesagt. »Außerdem ist das Weibersache. Du kannst mich rufen, wenn das Kind da ist.«
Das große Feuer, das alle zu löschen versuchten, kam ihm gerade recht.
Spät in der Nacht brannte es immer noch. Der Schein reichte ins Schmiedehaus und flackerte über Stines kleines Gesicht, als sie endlich im Arm ihrer Mutter lag.
»Stine, meine Stine«, flüsterte die Mutter zärtlich. »So lange habe ich mir meine kleine Stine gewünscht!«
Stines Mutter war noch sehr jung. Vielleicht darum wun-

derte sie sich, dass ihr Kind, kaum auf der Welt, die Augen weit geöffnet hatte. Und was für Augen das waren! Kristallhart und kristallklar und doch konnte die Mutter ihnen nicht auf den Grund sehen, die Augen waren tiefer als die tiefste See. Der Mutter wurde bang, als das Neugeborene sie so fest und ernst ansah. Plötzlich brachte sie das Gewitter und die brennende Scheune mit den merkwürdigen Augen zusammen und dachte: Mein Kind ist vom Teufel besessen. Mein Kind ist eine Hexe! Kaum hatte sie das gedacht, erschrak sie vor ihrem eigenen Gedanken und drückte den kleinen warmen Körper fest an sich.

»Und wenn schon! Gerade darum! Ich liebe dich! Du bist mein Kind!«

Das flüsterte sie in Stines winziges Ohr. Dann küsste sie Stines Nase. Und Nase und Ohr waren kein bisschen merkwürdig, sondern genauso hübsch, wie sie das bei allen Neugeborenen sind.

2

Als Albrecht geboren wurde, ging der Sommer zu Ende mit seiner letzten milden Nacht.

Der Morgen dämmerte herauf, träge und schwer, man konnte ihm anmerken, dass er von nun an immer später kommen würde. Feine Netze hatte der Altweibersommer ins Gras gehängt, die fingen den Tau und fädelten Perlenketten. Es war eine Pracht, nicht weniger prächtig als die Pracht im Gemach der Gräfin.

Die Gräfin konnte sich an all dem Schönen nicht freuen. Sie sollte ihr erstes Kind auf die Welt bringen und wusste nicht wie. Schon seit gestern quälte sie sich. Sie rief um Hilfe, aber die Dienerinnen standen nur dumm und ängstlich herum und starrten sie an. Die Gräfin fürchtete zu sterben und war doch noch so jung. Viel jünger als ihr Gemahl, der Herr Ritter. Der hatte sich lange einen Sohn gewünscht. Trotzdem blieb er nicht bei ihr.

Irgendwann war das Kind doch da und sie lebte noch. Nun hatte der Ritter seinen Sohn. Albrecht würde er heißen, wie der Herzog Albrecht von Mecklenburg. So hatte es der Ritter bestimmt, denn er war seinem Herzog treu ergeben. Seine Frau, die Gräfin, hatte er nicht nach ihrer Meinung gefragt. Sie wollte auch gar nichts von dem Kind wissen. Sie hatte genug um seinetwillen gelitten. Nicht einmal ansehen wollte sie es. Die Dienerinnen trugen es fort und legten es in die große, prächtige Wiege. Da lag der kleinste Ritter der Welt in den dicken bestickten Kissen und war ganz allein. Die Dienerinnen steckten die Köpfe zusammen. Sie tuschelten Merkwürdiges über das Neugeborene. Merkwürdig war es freilich, weil es sich nicht muckste, schon gar nicht schrie, obwohl es so verlassen war. Auch nach der süßen Milch aus der Brust der Mutter hätte es verlangen müssen. Der Kleine lag still, als sei er dem Tod geweiht oder von einem bösen Geist besessen. Die Dienerinnen fürchteten das eine wie das andere. Sterben durfte Albrecht nicht, denn der Ritter war alt und das Gut brauchte den Erben. Saß aber ein böser Geist in dem Kinde und es würde heranwachsen und das Erbe des Ritters antreten, müssten sie sich alle vor einem schlimmen Herrscher fürchten.

»Lieber Herrgott, lass den kleinen Albrecht nicht sterben!«, beteten die Dienerinnen in der Kapelle. »Vertreibe die bösen Geister mit Deiner großen Kraft und sorge, dass der Junge uns ein guter Herr wird!«

3

Auf seinem Rappen kam der Ritter ins Dorf geritten. Die Bauersleute ließen sogleich alle Arbeit liegen. Sie verneigten sich vor ihrem Herrn. Dann sahen sie zu ihm hinauf und fanden, dass er trotz seines Alters noch immer ein schöner, starker Mann war – so hoch zu Ross und mit dem vielen glänzenden Gold.

Die Stickereien seines Mantels waren von Gold und die Sporen an seinen Stiefeln und der Knauf seines Degens und die Kette auf seiner Brust und die Ringe an seinen Fingern.

»Wo ist das Weib, das drei Sonntage zuvor, als das große Feuer war, ein Kind geboren hat?«, rief der hohe Herr zu seinem Volk hinunter.

»Die dient dem Schmied im Haus!«, riefen die Leute zu ihm hinauf.

Sie rannten ihm nach, husteten und prusteten, denn der Rappe wirbelte mit seinen Hufen den Wegstaub auf. Einerlei, ihre Neugier war groß!

Stines Mutter stapelte Holz hinterm Haus. Holz für das Schmiedefeuer und Holz für die kalten Tage, die bald kommen würden. Seit dem frühen Morgen arbeitete sie, und der Holzstapel war inzwischen so hoch geworden, dass sie sich recken musste, um die letzten Scheite obendrauf zu legen. Heiß war ihr von der Anstrengung!

Als der Ritter das junge Weib so bei der Arbeit sah, das glühende Gesicht und die kräftigen Arme, fiel ihm sein eigenes junges Weib ein. Das lag bleich und krank im Herrenhaus und wollte nichts von ihm wissen. Und er dachte: Ich hätte besser diese zur Frau nehmen sollen, dann wär ich aller Sorgen ledig. Dabei wusste er wohl, dass ein Ritter niemals ein Mädchen aus dem niederen Volk heiraten durfte, auch wenn er das noch so sehr wünschte.

»Wo ist dein Kind?«, rief er.

Seiner Stimme gab er einen dunklen Klang und seinem Gesicht einen strengen Ausdruck, denn die junge Frau sollte nicht merken, wie sehr sie ihm gefiel.

Sie ließ von der Arbeit ab, sah dem Ritter ins Gesicht, antwortete aber nicht.

»Zeig mir das Kind!«, befahl er noch einmal.

Sie rührte sich nicht.

Statt ihrer eilten die Leute aus dem Dorf ins Haus.

Da kam Bewegung in Stines Mutter. Sie lief los und rief nach dem Schmied um Hilfe.

Der Schmied war beim Eisenschlagen. Von dem ganzen Aufruhr merkte er nichts, das Schmiedehämmern dröhnte zu laut. Deung-dong war es im ganzen Haus zu hören.

Im Haus war das Kind nicht. Die Leute fanden es nirgends. Erst als sie in die Schmiede selbst kamen und den Schmied fragen wollten, entdeckten sie es in einem Holztrog, nahe dem Amboss. Ganz ruhig schlief es, als wäre das laute Deung-Dong die lieblichste Musik.

Funken stoben aus dem Schmiedefeuer. Funken sprangen aus dem Eisen unter dem Hammer des Schmiedes. Und

manche Funken landeten auf Stines Stirn. Wenn sie auch alsbald verlöschten, musste es doch einen kleinen heißen Stich gegeben haben. Aber Stine merkte nichts davon und schlief weiter und lächelte im Schlaf.
Das wäre ein Kind nach meinem Herzen, dachte der alte Ritter. Ein solches Kind würde ich vor mich auf den Rappen setzen und mit zur Jagd nehmen. Wenn es größer geworden, würde es an meiner Seite in die Schlacht ziehen. Und wenn es dann eines Tages sein müsste, würde ich ruhig sterben, denn mein Land hätte einen starken Erben. Schade, dass es nur ein Mädchen ist.
Plötzlich hörte das laute Deung-dong auf. Der Schmied hatte endlich die vielen Leute bemerkt. Und dann sah er auch seinen Herrn, den Ritter, hoch zu Ross im Eingang stehen. Der Schmied verneigte sich. Eine Weile war es ganz still in der Schmiede.
Stines Mutter drängte sich durch die Menge und stellte sich vor den Holztrog mit ihrer kleinen Tochter darin.
»Nährst du das Kind?«, fragte der Ritter in die Stille.
»Das tut sie und gut«, antwortete der Schmied anstelle von Stines Mutter.
»Zeig sie es!«, befahl der Ritter.
Stines Mutter wagte nicht zu widersprechen.
»Das ist mein Kind«, sagte sie nur leise und legte Stine an ihre Brust.
Stine saugte auch gleich los. Die vielen Zuschauer interessierten sie nicht im Geringsten.
»Pack dein Zeug und komm mir mit dem Kinde nach! Aber rasch! Ins Herrenhaus!«, rief der Ritter.
Er wendete sein Pferd, gab ihm die Sporen und war schon davon.

So kam es, dass Stine und Albrecht Geschwister wurden, obwohl sie nicht dieselben Eltern hatten. Milch-Schwester und Milch-Bruder waren sie und schliefen gemeinsam im Bett von Stines Mutter. Die prächtige Wiege hatte der Ritter damals ganz vergeblich aus den herrschaftlichen Gemächern in die Gesindestube heruntertragen lassen. Sie war bald fortgebracht worden, denn sie hatte doch nur Platz weggenommen. In der Gesindestube neben der Küche schlief ja beinahe alles Weibsvolk, das im Herrenhaus diente. Das Mannsvolk schlief auf der anderen Seite, gegenüber der Stiefelkammer.

Manchmal wurde Albrecht gefoppt.

Dann hieß es: »Was liegst du bei den Weibern, du bist wohl ein Mädchen!«

»Ich bin ein Mann«, sagte Albrecht. »Das wisst ihr genau! Ihr habt mich ja im Badezuber gesehn!«

»Ach, das ist schon wieder ein ganzes Jahr her, dass du zuletzt gebadet hast. Und was wir da gesehen haben, war zu klein, das haben wir uns nicht merken können.«

Sie lachten.

Sie hatten fast vergessen, dass er ein Ritterssohn war, und fürchteten nicht mehr, er könnte ihrem Herrn verraten, was sie untereinander beschwatzten.

Albrecht selbst wollte von dem Ritter nichts wissen und von der Gräfin schon gar nicht. Er hielt sich ganz an Stine und ihre Mutter. Und die Mutter hatte ihn lieb wie ihr eigenes Kind.

Stine und Albrecht trieben sich überall auf dem Gut herum.

Sie schauten den Mägden beim Buttern zu und den Knechten beim Dengeln der Sensen.

Sie spielten Verstecken hinter den Fässern im Vorratskel-

ler, tobten im Heu und krochen den Pferden unter die Bäuche.
Sie teilten alles miteinander: Brot und Honigkuchen, den letzten Apfel im Winter, die Flöte, die der Knecht Hans ihnen geschnitzt, und die kleine Armbrust, mit der schon der alte Ritter geübt hatte, als er noch ein Kind gewesen war. Und eben das Bett.
Sie krochen gemeinsam unter die Decke und wärmten einander in den Frostnächten, wenn der Atem zu Raureif gefror und die heißen Steine, die die Mutter ihnen ins Bett gelegt, schnell erkalteten.
Sie hielten sich an den Händen, wenn die Magd Berta, die bei der Tür auf dem Strohsack ruhte, Geschichten von bösen Geistern erzählte und schaurige Geräusche machte mit ihrem zahnlosen Mund.
Sie sprangen sogar tags hinein und schlossen die Vorhänge. Kein Erwachsener konnte sie sehen hinter dem schweren, dunklen Stoff. Und wenn sie nur leise sprachen, blieben auch die Geheimnisse und Träume, die Stine und Albrecht teilten, gut aufgehoben in dem großen Bett.

Der Ritter war seinem Volk ein guter Herr. Er kannte sich in Ackerbau und Viehzucht aus, was nicht selbstverständlich war für einen Mann von Adel. Er wirtschaftete klug. Niemand musste Hunger leiden. Das Haus seiner Väter hatte er ausgebaut und dafür gesorgt, dass es ordentliche Unterkünfte für das Gesinde gab und jeder im Dorf ein Dach überm Kopf hatte. Hin und wieder lud er zum Fest. Es gab Speis und Trank im Überfluss, Musik und Tanz. Nur einen Fehler hatte der Ritter: Er war schrecklich jähzornig. Plötzlich brachte ihn eine Kleinigkeit aus der Fassung, er schrie und tobte und griff nach

der Peitsche. Niemand konnte ihm Einhalt gebieten, selbst die Gräfin nicht.
Nur Stine. Während alle sich duckten und hofften, das Donnerwetter ohne Schaden zu überstehen, lief sie ohne Angst auf den wilden Ritter zu. Sie drückte sich an sein Knie und schaute ihn mit ihren seltsamen Augen an. Da musste er sie hochheben und ansehn, und sah er sie erst an, wurde er still.
»Sie passt zu ihm«, sagte die alte Berta. »Sie ist so wild wie er. Der stärkste und wildeste Bär wird zahm und geduldig bei seinem Bärenkind.«
Die Leute stimmten ihr zu.
»Sie ist aber nicht sein Kind, denkt daran«, sagte Berta. »Der Ritter steht hoch und Stine ist eine von uns niedrigen Leuten. Hoch und niedrig, das gehört nicht zusammen. Das ist gegen das Gesetz. Eines Tages werden wir alle bestraft.«
Die alte Berta wusste viel vom Leben und machte ihnen mit ihren Worten Angst. Aber sie konnten ja nichts dagegen tun, dass der Ritter Stine wie eine Tochter lieb hatte. Und dass sie ihn davor bewahrte, seinen Leuten im Zorn Böses anzutun, musste Gott doch gefallen!
Nur die Gräfin konnte das Mädchen nicht leiden. »Dem schaut der Teufel aus den Augen! Es gehört in den Turm gesteckt, damit es niemanden mit seinem Blick verhext!«
Der Ritter zog Stine zu sich heran. »Ich fürchte den Teufel nicht. Schau mich an, Kind!«
Stine sah ihn an mit ihren Augen so kristallhart und kristallklar und tiefer als die tiefste See. Er atmete durch und sagte: »Gleich fühle ich mich wieder jung und stark. Ein Hexlein wie du eins bist, das lob ich mir!«

4

Tag und Nacht kamen die Leute vom Gut nicht zur Ruhe. Ein großes Fest wollte der Ritter geben. Hohe Herrschaften hatte er eingeladen, die von weither anreisen sollten.
Gänse wurden gerupft und Fasane gejagt, neue Wachslichter gezogen und die Dielen geschrubbt, Girlanden aufgehängt und Obst und Blumen in Schalen gelegt.
Unten in der Gesindestube rätselte man, was es mit diesem Fest auf sich haben könnte.
Albrecht und Stine wurden nach oben gerufen. Neue Kleider wurden ihnen angepasst.
Albrecht bekam seine ersten Beinkleider. Bisher hatte er genau wie Stine ein kurzes Kleid getragen. Als Stine ihn nun in dem eng anliegenden, rot glänzenden Stoff herumstolzieren sah, wollte sie auch Hosen haben. Der Schneider lachte sie aus.
»Das ist nichts für Mädchen«, sagte er. »Du musst weiter im Kleid gehen.«
Stine war wütend. Nur widerwillig ließ sie sich das neue lange Kleid aus kostbarem Stoff überziehen. Sie sah in den Spiegel, hob den Kopf und spitzte die Lippen. Fast konnte man sie für eine wie die Gräfin halten. Nein, sie gefiel sich gar nicht!
Der Schneider aber machte ihr einen Kratzfuß. Und vor Albrecht verbeugte er sich.
»Aus dem kleinen Mädchen ist eine Dame und aus dem kleinen Jungen ein Herr geworden«, sagte er.
Gerade da trat der Ritter ein.

»Was habe ich für prächtige Kinder!«, rief er aus. »Und nun wisst, dass ich das Fest ganz allein euch zu Ehren gebe! Ich will euch den hohen Damen und Herren vorführen! Sie sollen sich Albrecht und Stine gut merken, denn ihr beide werdet in der Welt gewiss bald von euch reden machen!«

Überall im Saal waren Wachslichter angezündet. Ihr goldenes Licht spiegelte sich in den silbernen Trinkgefäßen und auf den silbernen Platten, beladen mit köstlichen Speisen. Es blitzte auf im Schmuck der Frauen, in den Ringen und Ketten und Gürtelschnallen der hohen Herren. Es machte die prächtigen Gewänder noch leuchtender und verzauberte die Gestalten und Gesichter. Sogar die Wangen der Gräfin röteten sich in dem warmen Schein und der alte Ritter schaute sein Weib mit Freude an.

Stine und Albrecht standen da, Hand in Hand, in einem Märchen angekommen, darin alles gut und wunderschön war. Sie selbst waren auch wunderschön, das wussten sie wohl und wollten gut sein und alles gut und richtig machen. Sie machten also ihre Knickse und Verbeugungen, und als der Ritter sie rief, eilten sie sogleich an seine Seite.

»Er wird meine rechte Hand sein«, sagte der Ritter und baute Albrecht rechts von sich auf.

»Sie liegt am nächsten meinem Herzen«, sagte er und zog Stine an seine linke Seite.

Dann griff er einen mächtigen, mit edlen und kostbaren Steinen verzierten Becher, und die Kinder durften jedes auch einen Becher aufnehmen und erheben, und all die herrlichen Männer und Frauen taten es ihnen gleich und riefen: »Hoch, hoch, hoch!«

Gerade da öffnete sich ein Flügel der schweren Saaltür einen Spalt weit. Eine Gestalt löste sich aus dem Dunkel, das draußen und jenseits des Lichterglanzes war.
»Mutter!«, rief Albrecht. »Komm zu uns herein!«
Die hohen Frauen und Herren drehten sich in die Richtung, wohin Albrecht gerufen hatte. Da war er auch schon bei der dunklen Gestalt und zog sie in den Saal. Alle konnten sehen, dass die, die Albrecht Mutter genannt, nicht anders als eine Dienerin gekleidet war. Die Gräfin sprang so heftig auf, dass Becher und Wachslichte vom Tisch stürzten.
»Es ist nur die Milchmutter«, sagte der Ritter zu den Gästen. Seiner Frau aber legte er zur Beruhigung die Hand auf den Arm.
»Lass mich!«, schrie die Gräfin ihn an. »Eine von hohem Blut wie ich ist zu schade für dich! Eine Dienstmagd passt besser an deine Seite!«
Rasch verließ sie die Tafel. Bei der Saaltür stieß sie Albrecht gegen die Mutter.
Langsam wendeten die hohen Gäste die Köpfe von der Tür weg, durch die ihre Gastgeberin verschwunden war, und dem Ritter zu.
»Esst und trinkt und seid lustig!«, rief er. »Die Milchmutter meines Sohnes möge sich einen ordentlichen Bissen von der Tafel mitnehmen. Das steht ihr zu und mehr als das. Die Gräfin wird zu uns zurückkehren, wenn ihr wohler ist.«
Die Mutter nahm sich aber nichts, sondern huschte aus dem Saal.
Und die Gräfin ließ sich, solange das Fest währte, nicht mehr blicken.

5

Danach wurde alles anders. Albrecht und Stine hatten geglaubt, ein schönes Märchen würde beginnen und sie beide würden darin die Hauptpersonen sein. Aber das Gute hatte sich ins Böse verkehrt. Und ein dunkler Schleier machte es ihnen unmöglich, die Ursache dafür zu finden.

Der Ritter schenkte Stine keinen Blick mehr. Mit finsterer Miene ging er an ihr vorbei. Wenn Stine ihn ansprach, antwortete er nicht. Dann wich Stine ihm auch aus, die Mutter brauchte es ihr nicht erst zu raten. Trotzdem war die Mutter ihr ständig auf den Fersen.

»Wo willst du hin?«, rief sie Stine nach, kaum tat sie einen Schritt. »Dass du mir nicht hinauf in die herrschaftlichen Gemächer gehst! Bleib hier unten, beim Gesinde!«

Stine schnaufte vor Ärger und verdrehte die Augen. Was glaubte die Mutter von ihr? Stine wollte nie mehr hinaufgehen! Es sei denn, der Ritter persönlich würde sie darum bitten. Ganz lieb und dringlich müsste er das tun! Stine war stolz und brauchte niemanden! Sie konnte sehr gut allein in der Welt zurechtkommen – wenn die Mutter sie nur in die Welt hinauslassen würde!

Albrecht wollte freilich nicht, dass sie sich auf und davon machte. Für Albrecht war Stine der einzige Trost. Er musste seit dem Vorfall auf dem Fest oben beim Ritter und der Gräfin bleiben und durfte sich nicht mehr mit Stine herumtreiben. Lesen und schreiben sollte er lernen und die unendlich vielen Namen von seinen Vorfahren aufsagen, die doch längst tot waren und davon nichts hatten.

Der Ritter verbot seinem Sohn, mit Stine und ihrer Mutter in einem Bett zu schlafen. Stattdessen hatte er ihm eine eigene Schlafkammer oben bei der Herrschaft herrichten lassen. Darin musste Albrecht die ganze Nacht über allein aushalten. Er fürchtete sich sehr. Heimlich kam er immer wieder auf seinen alten Platz hinunter, wurde aber von den Waffenknechten jedes Mal hinaufgeschafft. Zuletzt ließ sich der Ritter vom Kutscher die Peitsche bringen. Er zog Albrecht in die Schlafkammer und schloss die Tür. Trotzdem hörten alle im Haus, wie entsetzlich Albrecht schrie. Die Mutter weinte darüber. Stine aber schwor im Stillen, ihren Bruder zu rächen.

Eines Morgens schneite es. Die Mägde und Knechte standen in der offenen Tür. Ihre schlafwarmen Körper dampften und sie zogen die Kleider enger um sich. Aber nach drinnen kehrten sie doch nicht zurück! Sie sahen dem Tanzen und Schweben der Flocken zu, wie sie so weich und schön aus dem fernen Himmel hinunter auf die Erde kamen. Da oben sollte ja das Paradies sein! Die Schneeflocken bedeckten die dunkle Erde. Sie schlossen die Furchen auf dem Acker. Sie legten sich leicht auf das verwelkte Kraut, den zerbrochenen Brunnendeckel, die tote Katze hinterm Mist. Alles, was elend und traurig war, verschwand unter einem weißen Glänzen. Die Sonne ging auf und färbte das Weiß rosenrot. Man konnte wirklich meinen, ein Stück vom Paradies sei vom Himmel gefallen!
»Zu mir! Alle zu mir!«, hörten sie den Ritter rufen.
Er kam in den Hof, die Fuchskappe auf dem Kopf, und zog Albrecht hinter sich her.
Das Gesinde versammelte sich um ihn. Der Ritter stieß

Albrecht in den Schnee. Er breitete die Arme aus und brüllte aus voller Kehle. Wilder als der Wolf, tiefer als der Bär, herausfordernder als der mächtige Hirsch. Er schaute nach oben, wo die Gräfin in ihrem Winterpelz am Fenster stand.
»Auf mich!«, schrie er und schlug sich selbst mit den Fäusten auf die Brust.
Er griff in den Schnee, formte ihn zum Ball und warf ihn nach seinen Leuten.
»Los! Auf mich, allesamt!«, rief er wieder und warf einen neuen Schneeball und noch einen und noch einen.
Das Gesinde rührte sich nicht.
»Keinem wird ein Haar gekrümmt«, sagte er und sah seine Leute an.
Die ruckten und zuckten nicht. Nur Albrecht war aufgestanden und klopfte sich den Schnee von den Kleidern und wollte ins Haus zurückgehen.
»Los, Albrecht! Auf ihn!«, rief Stine.
Mit beiden Armen langte sie in den Schnee und warf ihn gegen den Ritter.
Von wohl zehn Schneebällen wurde er gleichzeitig getroffen. Denn als hätten sie auf Stines Kommando gewartet, beteiligten sich die Mägde und Knechte nun an der Schneeballschlacht. Stine stieß einen spitzen Schrei aus. Sie zog Albrecht in die Menge und beide halfen kräftig mit. Der Ritter war bald von oben bis unten weiß. Er stand da, die Arme ausgebreitet, und lachte.
»Der Spaß soll dir vergehen!«, schrie Stine.
Sie zog den Kopf zwischen die Schultern, rannte auf den Ritter zu und stieß ihm die Fäuste in den Bauch. Der Ritter wollte sie packen, da traf ihn ein Geschoss mitten im Gesicht. Er rutschte, stürzte, fiel auf den Rücken. Stine

sprang ihm auf die Brust. Ehe der Ritter sich aufrappeln konnte, schaufelte sie ihm Schnee ins Gesicht und in den Kragen.
Plötzlich traf sie ein Hieb. In ihr Ohr fuhr ein heißer Schmerz. Stine griff danach. Sie merkte, es war die Mutter.
Die Mutter zog sie am Ohr von dem Ritter herunter und durch die Menge.
Eben war es noch gleißend hell gewesen. Nun mussten sich Stines Augen erst ans Dunkel gewöhnen. Sie erkannte, dass sie in der Stiefelkammer stand.
»Das hast du nicht von mir! So wild und bedenkenlos!«, fauchte die Mutter sie an. »Ein Räuber bist du, wie dein Vater!«
Sie stieß Stine in die Ecke.
»Hier bleibst du, wenn dir dein Leben lieb ist! Der Herr bringt dich um, kriegt er dich zu fassen.«
Sie schloss die Kammertür. Stine blieb im Dunkeln zurück. Sie setzte sich auf den Boden, weil ihre Beine heftig zitterten. Das war aber nicht Angst vor dem Ritter. Das war, weil sie zum ersten Mal denken konnte: Ich habe einen Vater. Ja, sie wollte einen Vater haben! Und der sollte nicht Ritter sein noch Knecht, sondern ein Räuber! Genau wie die Mutter gesagt hatte. Ein Räubervater, das war Stine gerade recht!

Keiner auf dem Rittergut konnte sich an einen so schlimmen Winter erinnern. Es war derart kalt, dass alles Leben erfroren schien. Kein Vogel war draußen zu sehen, kein Hase auf dem Acker, nicht einmal der Fuchs schlich nachts wie sonst übern Hof. Die Pferde und Schafe und Kühe und Gänse verhielten sich ganz still in ihren Stäl-

len, als fürchteten sie, dort von der großen Kälte gefunden zu werden. Sie heizten ihren Stall mit der eigenen Körperwärme.
Drinnen beim Vieh war es eher auszuhalten als im Haus. Es wurde nie recht warm, selbst nicht, wenn der mächtige Herd zum Kochen, Backen und Braten ordentlich mit Holz versorgt wurde. Der Frost saß in den Mauern und ließ sich nicht vertreiben. Da hätte das Herdfeuer schon Tag und Nacht brennen müssen, aber das erlaubte der Ritter nicht. Er fürchtete, das Feuerholz könnte ausgehen. Vielleicht war sein Gesinde das Einzige, was sich auf Erden noch bewegte! Es musste sich ja bewegen, wollte es nicht erfrieren. Selbst in der Nacht hörte man es rumpeln und rascheln, weil jeder zu tun hatte, die Decken und Felle mal hinten über den Rücken, mal vorn über die Brust, dann unten über die Zehenspitzen zu ziehen. Und die alte Berta murmelte immerzu: »Wenn es doch schneite, wenn es doch schneite ...« Aber es schneite nicht und das hieß, der klirrende Frost würde fortdauern. Das wusste die alte Berta aus ihrem langen Leben.

Den Albrecht hatte Stine eine Ewigkeit nicht gesehen. Der Ritter hielt ihn eingesperrt, Tag und Nacht. Das erzählten die Diener. Und dass er nur unter Aufsicht der Waffenknechte für kurze Zeit die Kammer verlassen durfte.
Mit Stines Freiheit war es auch vorbei. Von früh bis spät sollte sie bei den Mägden arbeiten. Dazu hatte sie nicht die geringste Lust. Rüben schaben, Hühner rupfen, die Kessel scheuern, Holz spalten – pah! Das war nichts für sie! Da ging sie schon lieber mit den Knechten und am allerliebsten mit Hans, der die Pferde versorgte.

Hans kannte viele Räubergeschichten. Und eines Tages, als sie Heu in die Raufen stopften, fragte Stine: »Sag mal, bist etwa du selbst ein Räuber gewesen?«
Da lachte Hans und schüttelte den Kopf.
»Ich möchte wohl einer sein!«, sagte er. »Aber bei uns gibt es ja keine Räuber. Auf dem weiten Meer, da ist das was andres! Räuber über Räuber! Und der tollste von den Kerlen ist Klaus Störtebeker.«
»Dann lass uns zum Meer gehn!«, rief Stine.
»Ein Leibeigener kann nicht gehn, wohin er will«, sagte Hans.
»Bist du leibeigen?«, fragte Stine.
Hans strich dem Rappen die Mähne glatt.
»Ich gehöre dem Ritter, wie ihm der Hengst gehört«, sagte er. »Meine Eltern haben mich dem Ritter gegeben. Bei ihnen wäre ich verhungert.«
»Du gehörst dem Ritter? Wie ist das möglich?«
Hans grinste übers ganze Gesicht bis zu seinen beiden abstehenden Ohren.
»Du gehörst ihm ebenso«, sagte er.
»Ich gehöre niemandem«, behauptete Stine fest.
»Das glaubst du nur, weil du mit dem Herrensohn hast spielen und vom Tisch des Ritters hast essen dürfen. Aber du wirst sehn, dass du nicht über dich zu bestimmen hast.«
»Du lügst!«, schrie Stine und stampfte mit dem Fuß auf.
»Ja, sei nur ungebärdig wie ein Fohlen! Der Ritter wird dich zähmen«, sagte Hans lachend.
»Ich bin kein Tier, das man zähmen kann! Ich mache, was ich will!«
»Ein Tier bist du nicht, aber leibeigen wie wir alle. Wie deine Mutter auch.«
»Du lügst! Du lügst!«, schrie Stine wieder.

Sie rannte aus dem Stall. Der Frost schlug ihr hart ins Gesicht. Wäre es nicht so klirrend kalt gewesen, Stine wäre fortgelaufen und nie mehr auf das Rittergut zurückgekehrt. So lag sie eben doch abends neben der Mutter im Bett. Sie weinte und die Mutter fragte nach ihrem Kummer. Stine schluchzte heraus, was Hans ihr gesagt hatte, und dann war es still. Nur die alte Berta murmelte: »Jaja, du wirst noch viel weinen. Um der Tränen willen sind wir auf Erden.«
»Sei still, Berta«, sagte die Mutter.
Sie strich Stine über Haar und Wangen, immer wieder, und sagte nichts.
Sie will mich trösten, durchfuhr es Stine. Vielleicht hat Hans die Wahrheit gesagt. Sie nahm ihren Mut zusammen, der Wahrheit ins Gesicht zu sehen.
»Mutter, sind wir leibeigen oder nicht?«, fragte sie.
»Wir sind es«, sagte die Mutter. »Und jetzt schlaf, mein Kind.«

Es ist merkwürdig, dass jemand, der leibeigen ist, genauso schläft wie ein normaler Mensch. Er braucht auch Speise und Trank. Er fühlt Freude und Schmerz. Er hat Träume und Wünsche. Stine konnte keinen Unterschied finden. Es war einfach ungerecht! Und sie konnte nicht verstehen, warum die Mutter sich die Ungerechtigkeit gefallen ließ und mit ihr auf dem Rittergut lebte, anstatt beim Räubervater zu sein.
Wer war ihr Vater überhaupt? Wie hieß er? Wie sah er aus?
Die Mutter antwortete nicht. Da ging Stine doch wieder zum Hans. Nie, nie mehr hatte sie das tun wollen. Als ob es die Schuld von Hans war, dass sie leibeigen sein sollte.

Seine Schuld war es nicht. Aber als Erster davon gesprochen hatte er, und das war schlimm genug.
Stine fand Hans in der Sattelkammer. Er rieb das Lederzeug mit Fett ein. Sie stellte sich zu ihm. Hans sagte nichts, Stine sagte nichts. Dann schniefte Stine. Und dann fragte sie: »Ob mein Vater etwa der Klaus Störtebeker ist?«
»Das glaub ich nicht«, sagte Hans. »Störtebeker kann mit bloßen Händen ein Handeisen zerbrechen und ein dreimal um den Mast geschlungenes Hanftau zerreißen. Bei jedem Gelage muss man ihm den größten Becher bringen und bis zum Rand mit Bier füllen. Das trinkt er aus, in einem einzigen Zug, und lässt sich gleich wieder nachfüllen. Darum heißt er überall ›Stört-den-Beker‹, auch bei den hohen Herrschaften. Die müssten in ihrer feinen Sprache ›Stürz-den-Becher‹ sagen, aber das tun sie nicht! Denn der Störtebeker ist einer von uns einfachen Leuten! Wenn er nimmt – nur von den Reichen. Den Armen gibt er von seiner Beute ab.«
Hans sah von seiner Arbeit auf.
»Schau nicht so mit deinen Augen, als wolltest du mich verhexen!«
Wirklich waren Stines helle Augen dunkel vor Zorn.
»Warum soll Klaus Störtebeker nicht mein Vater sein? Meinst du, er ist zu gut für mich? Du wirst dich wundern! Er ist mein Vater! Kein anderer als er!«
Sie lief aus der Sattelkammer. Aber Hans holte sie zurück.
»Ich habe dir nie von Störtebeker erzählt, verstanden! Der Ritter schlägt mich tot! Er wird wild, wenn er nur den Namen hört!«
Hans hielt Stine so fest, dass ihr der Arm wehtat.
»Ich verrate nichts«, sagte Stine.

Hans gab sie frei.
»So dumm, wie du immer glaubst, bin ich nicht!«, sagte Stine. »Wenn ich zu meinem Vater will, muss ich es heimlich anstellen.«
»Störtebeker finden – das wär was!«, sagte Hans.
Er sah Stine sehnsüchtig an, als ob sie persönlich der große Seeräuber sei. Da konnte Stine nicht anders – sie musste die Arme um Hans legen und ihn fest drücken!

Seither kam es Stine so vor, als ob jede und jeder auf dem Hof von dem berühmten Piraten etwas wusste. Sie musste sich nur still verhalten und leise zu den Knechten setzen, wenn sie das Lederzeug flickten, oder sich zum Silberputzen bequemen und dem Getuschel der Mägde zuhören.
Eine kannte eine arme Witwe, die mit ihren Kindern Not litt. Sie konnte die Miete für ihr Haus nicht mehr bezahlen. Da schenkte Klaus Störtebeker ihr einen ganzen Beutel voll Dukaten.
Eine andere erzählte von einem armen Fischer. Dem kaufte der Störtebeker ein neues Fangboot samt Netzen.
Und die Knechte stritten heimlich um die Verstecke, in denen die Seeräuberschätze liegen sollten. Von Edelsteinen, kostbaren Pelzen und Gold, viel Gold, wisperten sie.
Im Hafen der großen Stadt Wismar gingen die Schiffe von Klaus Störtebeker vor Anker. Da hielten seine Seeräuber Markt und gaben ihre Reichtümer billig an die Armen ab und an die Kinder umsonst.
»Ist es weit nach Wismar?«, wollte Stine wissen.
»Weit genug«, sagte Berta. »Von uns ist keiner je dort gewesen. Nur deine Mutter, die ist wohl von dort gekommen und …«

Da wurde sie von einer Magd gegen das Bein getreten und schlug sich die Hand vor den Mund.
»Was das Alter geschwätzig ist«, schimpfte die Magd mit Berta. Zu Stine sagte sie: »Kannst deine Mutter selbst fragen. Bring die Schüssel mit den Küchenabfällen zu den Schafen. Und vergiss schnell, was du gehört hast, wenn du nicht eins hinter die Löffel kriegen willst.«

6

Noch immer hatte es nicht geschneit, da ließ der Ritter zur Wolfsjagd blasen.
Normalerweise wagten sich die Wölfe nicht in die Nähe der Menschen, Stine hatte nie einen gesehen. Wolfsspuren hatte Hans ihr den Tag zuvor gezeigt. Sie führten um den Schafstall herum und am Mist vorbei über den Acker.
»Glaub der alten Berta nicht, wenn sie mit ihren Schauergeschichten anfängt«, sagte Hans. »Ein Untier oder böser Geist, wie sie weismachen will, ist der Wolf nicht. Nur wenn sein Hunger schlimm ist, fällt er Menschen an. Der Hunger macht jeden verrückt, uns doch genauso!«
Stine tat der Wolf Leid. Beinahe alle Männer mussten gegen ihn ziehen, auch Hans. Sie nahmen die Hunde mit und Gerät zum Lärmmachen, Spieße und Stangen und die schlimmste Waffe überhaupt, die Wolfsgabel. Der Herr ritt ihnen auf dem Rappen voran. Wie alt und finster sein Gesicht geworden ist, dachte Stine. Das Herz tat ihr weh, aber sie wollte davon nichts wissen. Es war besser, hart und kalt wie der Schnee zu sein, als zu grübeln,

wieso der Ritter sich von einem Tag auf den andern hatte derart wenden können. Und doch tat es weh, denn Stine hatte den alten Ritter lieb gehabt. Sie sah ihm nach, wie er auf dem schwarzen Ross über den weißen Acker ritt und der Schnee unter den Hufen stob. Ob sie wohl weinen würde, wenn der Ritter bei der Wolfsjagd ums Leben käme? Oder würde sie das freuen? Warum nicht, dachte Stine trotzig. Seine Leibeigene bin ich dann jedenfalls nicht mehr. Und wenn sie nach dem Tod des Ritters der Gräfin gehörte? Das wäre schlimm! Oder vielleicht Albrecht? Der Gedanke machte Stine froh. Albrecht hatte mit Leibeigenschaft bestimmt genauso wenig im Sinn wie sie. Stine schoss das Blut in die Wangen. Ihr wurde heiß trotz der Eiseskälte. Sie musste Albrecht befreien! Wieso fiel ihr das jetzt erst ein?
Stine rannte ins Haus. Albrecht selbst hatte ihr einmal einen Dolch geschenkt.
Im Stroh der Bettstatt war er versteckt. Stine riss die Vorhänge zur Seite. Sie stieß einen Schrei aus.
»Still!«, flüsterte Albrecht. Er saß im Bett und hatte sich die Decke bis zum Kinn gezogen.
»Komm rein! Mach die Vorhänge zu!«
Endlich, endlich waren sie beisammen! Sie sprachen kein Wort. Erst mussten sie sich ansehen. In jeder Kleinigkeit erkannten sie sich wieder. Ja, solche Augenbrauen hatte nur Albrecht! So dunkel und mitten über der Nase zusammengewachsen. Der Leberfleck am Hals unter Stines linkem Ohr war noch da und die Narben an ihren Knien. Sie beschnupperten sich wie die jungen Hunde und dann knufften und stupsten sie sich wie diese und fielen übereinander her. Sie rauften und balgten und tobten in den Kissen. Dabei versuchten sie, keinen Mucks von sich zu

geben, um sich nicht zu verraten. Ihre Gesichter schwollen rot an von unterdrücktem Lachen.
Die alte Berta kam zur Tür herein. Sie fror so sehr und wollte sich heimlich in das große Bett legen. Vielleicht war noch ein wenig Schlafwärme von Stine und ihrer Mutter darin. Aber die Bettstatt war verrückt geworden! Sie ächzte und wankte hin und her. Es krachte gewaltig, genau wie es die alte Berta vom Jüngsten Gericht erwartete. Gleich würde sie eine schreckliche Strafe treffen! Weil sie sich faul ins Bett legen wollte, wenn alles Volk arbeiten musste! Das Bett bewegte sich, es kam auf sie zu ... Berta schrie und machte sich davon. Wäre sie nur einen Augenblick länger im Raum geblieben, hätte sie mit ansehen können, wie Albrecht rücklings aus dem Bett stürzte und gleich darauf sich Stines heißes Gesicht mit dem wirren Haar zwischen den Vorhängen zeigte. Dann hätte sie außerdem ein Gelächter vernehmen können, wilder als das Krachen der Bettstatt. Nach diesem Lachen fühlten sich die Kinder wie neugeboren. Nun konnten sie auch über alles sprechen, was ihnen geschehen war.
Anfangs war die Gräfin noch täglich in der Kammer erschienen, darin Albrecht eingesperrt war. Weil er sich weigerte, mit ihr zu sprechen, wurden ihre Besuche seltener und bald blieb sie ganz fort.
Der Ritter hatte einige Ansprachen gehalten und Albrecht zu Sohnespflicht und Sohnestreue ermahnt. Aber auch mit ihm sprach Albrecht nicht. Zur Strafe sollte er hinter Schloss und Riegel bleiben, bis er sich eines Besseren besonnen hätte.
»Tut es deinem Vater denn nicht Leid um dich?«, fragte Stine.

Albrecht zuckte mit den Achseln.
»Er hat uns doch beide lieb gehabt«, sagte Stine.
»Das ist vorbei«, sagte Albrecht. »Als wir Kinder waren, hatten sie uns zu ihrem Vergnügen. Und taten wir einmal etwas, das nicht nach ihrem Sinn war, konnten sie sich sagen, die Kinder werden groß und lernen schon noch, uns zu gehorchen. Nun sind wir groß geworden und doch nicht so, wie sie sich wünschen. Meine Mutter hat sogar Angst vor dir, weil du jung und schön und gleichzeitig wild bist und Macht über meinen Vater hast. Er hatte ja ganz und gar vergessen, dass du nur seine Leibeigene bist.«
»Bin ich das?«
Stine zog hastig ihre Hand weg, die unter der von Albrecht gelegen hatte.
»Ich sagte doch, er hat nicht so gefühlt, aber nach dem Gesetz bist du es und auch ein Ritter hat sich an Gesetze zu halten, das hat meine Mutter ihm deutlich vor Augen geführt. Sie hat gedroht, sie wolle dem Priester sagen, dass der Ritter dich mehr begehrt als sein eigen Weib. Das ist Todsünde.«
»Da hat er aufgehört, mich lieb zu haben«, sagte Stine leise.
»Mich liebt er auch nicht«, sagte Albrecht wie zum Trost.
»Kann denn ein Vater einfach aufhören, sein Kind lieb zu haben?«
Stine sah Albrecht an. Sie dachte an ihren eigenen Vater.
Albrecht überlegte. Dabei zog er die Augenbrauen, die sich ohnehin mitten über der Nase trafen, noch mehr zusammen. Es sah aus, als würde eine dicke haarige Raupe über seiner Nase sitzen.
»Wie ein Vater fühlt, kann ich dir nicht sagen«, sagte

Albrecht schließlich. »Denn ich bin noch nie ein Vater gewesen.«
Stine musste lachen. Als Vater konnte sie sich Albrecht wirklich nicht vorstellen!
»Ich weiß nicht, was es zu lachen gibt«, sagte Albrecht. »Aber lach nur! Es ist mir wichtig, dass du vergnügt bist.«
»Ich werde erst vergnügt sein, wenn ich keine Leibeigene mehr bin«, sagte Stine.
»Eines Tages lasse ich dich frei«, sagte Albrecht. »Ich bin der Erbe. Von allem, den Gütern wie den Leibeigenen.«
Da war Stine still. Sie dachte wieder an die Wolfsjagd. Und dass der Ritter jetzt mit seinem Gefolge im tiefen Wald sein musste.

Es war Abend geworden, und die Leute vom Rittergut warteten immer noch auf die Wolfsjäger. Lise, die Magd mit den dicken strohblonden Zöpfen, hatte sich hinterm Ofen versteckt und weinte. Die anderen Mägde bedrängten sie, bis sie zugab, dass sie sich um Hans sorgte.
»Ich hab ihn schon lange lieb«, sagte sie, »und kann und kann es ihm nicht sagen! Nun wird der Wolf meinen Hans töten und er stirbt und weiß nicht, wie lieb ich ihn habe!«
Die Mägde trösteten Lise. Keiner hatte gemeldet, dass Hans tot war! Aber weil sie sich selbst sorgten, gaben sie unsicheren Trost und Lise weinte leise weiter.
Alles Gesinde, das auf dem Hof zurückgeblieben war, hatte sich um den großen Herd versammelt. Die alte Berta erzählte von früher, als sie selbst noch ein kleines Kind gewesen, was sich niemand vorstellen konnte. Trotzdem war es so gewesen! Kein Mensch kommt als Greis auf die Welt, und Berta, die wie eine Großmutter aussah, hatte einst selbst eine Großmutter gehabt.

»Meine Großmutter wollte uns Kinder zu Bett bringen«, erzählte die alte Berta. »Damals war es auch Winter und der Wolfsziegel wurde aufgestellt. Das ist ein Stein mit vier Löchern. Der kalte Nordwind strich durch die Löcher und brachte sie zum Pfeifen. Mit dem Nordwind, das weiß jeder, kommen die ausgehungerten Wölfe. Wir Kinder fürchteten uns und mein jüngster Bruder wollte nicht auf dem Strohsack bleiben. ›Wenn du nicht aufhörst herumzuspringen und zu schreien, gebe ich dich dem Wolf!‹, drohte Großmutter.«

Die alte Berta schwieg und sah ihre Zuhörer an. Keiner muckste sich, jeder wartete gespannt, wie die Geschichte weitergehen würde.

»Meine Großmutter ist ihres Lebens nicht mehr froh geworden«, fuhr die alte Berta mit jammervoller Stimme fort. »Sie ist bald darauf gestorben.«

»Warum denn?«

»Was war geschehen?«

»Nun sag es doch!«

So wurde sie von allen Seiten bestürmt.

»Der Wolf ist ins Haus hinein und hat Großmutter meinen Bruder geradewegs aus den Armen geschnappt.«

Es war totenstill.

»Er hat dem Kleinen seine schrecklichen Zähne ins Fleisch geschlagen bis auf die Knochen. Noch heute höre ich sie knacken. Dann ist er aus dem Haus zurück in den Wald gesprungen, meinen armen Bruder im Maul.«

»Das glaube ich nicht«, sagte Stine in die Stille hinein. »Ins Haus kommt der Wolf bestimmt nicht.«

»Was weißt du junges Ding schon! Hast noch keinen Wolf gesehn und willst uns über ihn belehren!«, schimpfte Berta.

Stine wünschte sich, sie hätte den Mund gehalten. Denn jetzt fing Berta an, etwas zu erzählen, was ihr überhaupt nicht passte.
»Freilich kommen Wölfe ins Haus«, erzählte sie nämlich. »Auch hier bei uns war heute einer!«
Da war die Aufregung groß. Wo? Und wann? Und wie?
»In deinem eigenen Bett habe ich ihn gesehen!«, sagte Berta. Sie zeigte auf Stine. »Getobt und gebrüllt hat er darin – mich wundert, dass die Bettstatt nicht zusammengebrochen ist!«
Die Leute sprangen auf und hin zum Bett. Die Mutter ging mit ihnen. Nur Stine stand wie gelähmt. Sie würden Albrecht finden und dann ...! Sie öffneten die Vorhänge und untersuchten das Bett. Ja, ein Wolf musste darin gewesen sein! Sie stimmten Berta zu. Die Decken waren zerwühlt, das Stroh lag verstreut. Berta glaubte an ihre eigene Geschichte. Bleich vor Schreck sah sie sich noch einmal vor der krachenden Bettstatt, allein mit dem Wolf! Stine rührte sich nicht. Doch in ihr drin tobte die Aufregung. Wieso sagte keiner was von Albrecht? Wo war er geblieben? Plötzlich liefen die Leute vor die Tür und in die Nacht hinaus. Lichter huschten über den Hof, Lärmen und Rufen war zu hören. Die Männer kehrten von der Wolfsjagd zurück!
Sie waren abgehetzt und ihre Kleider zerrissen. Manche hatten Verletzungen, den Wolf aber hatten sie nicht. Der Ritter sprang vom Pferd. Auch er war noch am Leben.
Lise stürzte sich auf Hans und umarmte ihn. Hans wusste nicht, wie ihm geschah, aber nun würde er wohl endlich erfahren, dass er eine Liebste hatte.
Die Mutter ordnete das Bett, denn alle hatten es eilig, zur Ruhe zu kommen.
Stine lag dicht bei ihrer Mutter. Sie überlegte, wie und

wohin Albrecht sich unbemerkt aus dem Bett geschlichen haben mochte. Da ruckelte es an ihrer anderen Seite und sie spürte ihren Bruder bei sich. Ganz wie es früher gewesen war und noch viel schöner!
Stine wagte kaum zu atmen, aus Furcht, Albrecht zu verraten.
»Albrecht, bist du es?«, flüsterte da die Mutter.
Obwohl Albrecht nicht antwortete und nur ein tiefes Schnaufen von ihm zu vernehmen war, flüsterte sie weiter: »Das ist gut ...«
Stine konnte sich vorstellen, wie die Mutter jetzt lächelte. Stine lächelte auch und drückte Albrechts Hand. Sie hatte ihren Bruder wieder!

7

Aufregung herrschte, weil Albrecht verschwunden war. Immer wieder schickte der Ritter seine Diener los, ihn zu suchen. Stine und die Mutter suchten eifrig mit. So wendeten sie den Verdacht von sich ab, Albrecht geholfen zu haben.
Dem ging es beinahe nicht besser als zuvor. Es ist nämlich merkwürdig, wie wenig Möglichkeiten für Verstecke ein Rittergut bietet! Nirgends konnte Albrecht sicher sein, dass er unentdeckt blieb. Zuvor war er eingesperrt gewesen und jetzt hockte er fast immer in irgendwelchen dunklen Ecken. Wenn nur der Winter ein Ende fände! Dann hätte Albrecht im Park und in den Hecken der umliegenden Felder verschwinden können. Einmal wieder

richtig die Beine ausprobieren! Den Himmel und die weite Welt sehen! Aber noch das Schwerste lässt sich aushalten, will man es aus freien Stücken. Albrecht wollte unbedingt! Bei Mutter und bei Stine wollte er bleiben!
Richtig dankbar war Stine der alten Berta und ihren Wolfsgeschichten. Die Bettstatt, in der Bertas Wolf gehaust haben sollte, war keinem geheuer.
Den Hans hatte die Mutter gebeten, ihr eine Wolfsgabel zu besorgen. Er hatte sie aus der Waffenkammer geholt, heimlich, denn es war den Leibeigenen verboten, Waffen zu tragen. Nun war das spießähnliche Ding mit den beiden nach innen gekrümmten Zinken hinterm Herd verborgen. Und jeden Abend und manchmal sogar tags scheuchte die Mutter alle hinaus und gab vor, im Bett nachzuschauen, ob etwa wieder der Wolf darin läge. Wenn sie dann so entschlossen dastand, die gefährliche Wolfswaffe in den Händen, fürchteten und bewunderten die Leute sie zugleich.
Die alte Berta freute sich, weil Stine so oft ihre Nähe suchte und sie um immer neue Wolfsgeschichten bat. Die Winterabende waren lang und Grusel ist nicht nur gruslig, sondern auch wohlig. Mit Bertas Hilfe schaffte Stine es, die Angst des Gesindes vor dem Wolf frisch zu halten. Diese Angst war der beste Wächter vor Albrechts Versteck.

Eines Abends, als Stine wieder gefragt hatte, erzählte die alte Berta von einem schwarzen Wolf mit großen, glühenden Augen. Dieser Wolf streifte nicht umher, wie es sonst die Wölfe tun. Er blieb an einem Ort, auf dem Wolfsberg.
Bertas Zuhörer wurden unruhig. Den Wolfsberg, ja, den kannten sie alle! Der war nicht weit vom Rittergut ent-

fernt. Wenn es aufs hintere Feld ging, mussten sie daran vorbei. Von dem schwarzen Wolf mit den glühenden Augen hatte der Berg also seinen Namen! Berta nickte.
»Ihr braucht den Wolf nicht zu fürchten« , sagte sie. »Er bewacht Klaus Störtebekers Schatz. Der Seeräuber hat ihn so abgerichtet, dass er den armen und rechtschaffenen Leuten kein Haar krümmt. Wer sich aber an den Berg wagt und in die Nähe des Schatzes, dem ergeht es fürchterlich. So ist es und so bleibt es«, schloss die alte Berta.
Die Mägde und Knechte tauschten sich aus. Der Berg war von Heckenrosen, Brombeeren, Disteln bewachsen. Die Bäume standen dicht, viele lehnten von Alter und Sturm gefällt an den jungen, starken und wurden von ihnen gehalten, andere lagen am Boden. Es musste sehr schwer sein, sich einen Weg in das Waldesinnere zu bahnen. Auch ohne den seltsamen Wolf verspürte keiner Lust, sich in das Dunkel zu wagen.
Keiner außer Stine. Nie hätte sie gedacht, dass die Piraten vom weiten Meer her so nahe ans Rittergut herankamen! Aber die alte Berta behauptete felsenfest, dass es genau so sei und die Piraten ihre Schätze nicht nur an der Küste versteckten, sondern auch an verschiedenen Orten des Landes – in alten Schlössern, Ruinen, Höhlen und eben auch auf dem Wolfsberg.
»Hast du den Klaus Störtebeker einmal leibhaftig gesehn?«, fragte Stine.
Berta schüttelte den Kopf.
So war es immer. Jeder wusste irgendeine tolle Geschichte um den berühmten Seeräuber, nur gesehen hatte ihn niemand.
Stine dachte an die Wolfsgabel, die hinterm Herd versteckt war. Damit wollte sie sich bewaffnen und zum

Wolfsberg aufmachen. Vielleicht würde der schwarze Wolf ihr zahm begegnen, wenn er merkte, dass sie nicht wegen des Schatzes kam. Sie wollte sich nur in die Nähe des Seeräuberverstecks setzen und auf Klaus Störtebeker warten. Mit eigenen Augen wollte sie ihn sehen und sagen: Vater, hier bin ich, deine Tochter!

Albrecht war begeistert! Einen Piraten zum Vater zu haben, das war etwas! Viel besser war das, als eines Ritters Sohn zu sein! Albrecht beneidete Stine und gleichzeitig war er stolz, sie zur Freundin und Schwester zu haben. Stine Piratentochter!
»Willst du mit mir auf den Wolfsberg?«, fragte Stine. »Wollen wir dort gemeinsam auf Klaus Störtebeker warten?«
Albrecht antwortete nicht.
»Willst du etwa nicht?«, fragte Stine und ihr war anzumerken, dass sie fürchtete, er wollte nicht mit.
Albrecht antwortete immer noch nicht.
»Willst du auf ewig hier in diesem blöden Bett hocken oder im Herrenhaus gefangen bleiben?«
Stine war verzweifelt.
»Das ist besser, als vom schwarzen Wolf gerissen zu werden.«
»Klaus Störtebeker hilft den Notleidenden. Da wird er nicht einen Wolf zähmen, der die Notleidenden frisst«, erklärte Stine.
»Trotzdem«, sagte Albrecht. »Wenn Klaus Störtebeker nicht da ist und dem Wolf nicht erklären kann, wer ein Notleidender und wer ein Habgieriger ist, da nützt das ganze Zähmen nichts. Woher soll der Wolf wissen, wen er beißen muss und wen nicht?«

Das gab Stine zu denken.
»Außerdem könnte es sein, dass der Wolf gerade hungrig ist, wenn wir auf seinen Berg kommen.«
»Trotzdem! Ich will nicht leibeigen sein und du nicht gefangen. Wir wollen frei sein und unser eigenes Leben führen. Oder etwa nicht? Ich bleibe jedenfalls nicht wie meine Mutter auf dem Gut. Wieso ist sie überhaupt hierher gekommen? Berta behauptet, Mutter sei sogar schon in Wismar gewesen. Und dort wird sie meinen Vater getroffen haben. Wäre sie doch bei den Seeräubern geblieben!«
»Ich bin froh, dass sie aufs Gut gekommen ist«, sagte Albrecht.
»Vielleicht hat Klaus Störtebeker darum das Versteck auf dem Wolfsberg, damit er dann und wann in Mutters Nähe sein kann? Ach, wenn Mutter doch mit mir darüber reden würde! Aber sie will und will nicht und wird nur böse, wenn ich das Fragen nicht aufgebe.«
Stine schniefte.
Das tat sie immer, wenn sie nicht mehr weiterwusste. So hatte sie schon geschnieft, als sie ein kleines Kind gewesen, und so würde sie es wohl noch tun, wenn sie alt und grau geworden. Albrecht musste grinsen, als er sich Stine als ein schrumpliges zahnloses Weiblein wie die Berta vorstellte.
»Da gibt es nichts zu grinsen«, sagte Stine.
Sie hatte Recht. Albrecht selbst würde einmal alt, schrumplig und zahnlos sein. Hier in der Bettstatt würde er dann sicher nicht mehr sitzen. Irgendwann würde er doch das Rittergut erben und selbst ein hoher Herr sein. Albrecht wurde kalt bei der Vorstellung, so leben zu müssen wie sein Vater. Er hatte keine Lust auf die Jagd und

keine Ahnung von den Geschäften, die sein Vater betrieb.
»Wir werden fortgehn«, sagte Albrecht fest. »Wenn endlich Frühling ist und die Wege schneefrei sind. Dann ist ein leichteres Vorwärtskommen.«
»Aber wohin?«, fragte Stine.
»Nach Wismar, wo die Seeräuber Markt halten.«
Dass ihr das nicht eingefallen war!
»Meinst du, wir schaffen es so weit?«
»Wir schaffen es«, sagte Albrecht.
»Und wir schaffen es noch weiter!«, rief Stine. »Auf Störtebekers Piratenschiff schaffen wir es und auf die weite See hinaus!«
»Dann bitten wir deinen Vater, uns in seine Mannschaft aufzunehmen!«, gab Albrecht noch eins dazu.
Ach, es war zum Nichtaushalten schön! Sie konnten nicht aufhören, davon zu reden.
Hinter den dicken geschlossenen Vorhängen saßen sie in der Bettstatt. Es kam ihnen vor, als schaukelte die wie ein Schiff. Und die Vorhänge blähten sich wie Segel im Wind. Stine und Albrecht wurden fortgetragen und es hätte sie nicht gewundert, wenn sie die Vorhänge geöffnet und plötzlich das tosende Meer erblickt hätten.

8

Es schneite, obwohl der Frühling nahte. Aber wie die alte Berta gesagt hatte: Mit dem Schnee wurde der Frost milder. Der Schnee taute. Dann schneite es erneut. Taute wieder. Als müsste die Sehnsucht der Leute nach dem Frühling noch wachsen. Das musste sie nicht. Sie war so groß und stark, größer und stärker ging es nicht.
Stine begleitete Hans, wenn er die Felder abschritt. Hans prüfte, ob es Zeit für die Frühjahrsbestellung sei. Stine prüfte, ob Albrecht und sie endlich nach Wismar aufbrechen könnten. Bald hatten die beiden Kundschafter so nasse, kalte Füße, dass sie schnell nach Hause zurückkehrten. Vor der Tür ließen sie das Tauwasser aus den Holzpantinen laufen und drückten die Schafwollsocken aus. Und Stine musste Albrecht berichten, wie die halbe Welt noch immer unter Wasser lag.
Albrecht war kaum zu halten. Nicht einmal nachts konnte er ruhig liegen. Sein Zappeln und Strampeln störte Stines Schlaf. Die Mutter auf Stines anderer Seite fand auch keine Ruhe. Einmal, als sie meinte, die Kinder würden schlafen, stieg sie aus dem Bett.
»Ich schleich ihr nach«, flüsterte Stine, »und erzähle dir dann alles. Du brauchst also nicht dein Leben zu wagen und mir nachzugehen!«
Stine stieg vorsichtig über die schlafenden Mägde. Leise drückte sie die Tür ins Schloss und atmete auf. Niemand hatte etwas bemerkt. Sie lauschte in die Dunkelheit. Hörte etwas, Schritte vielleicht, konnte aber nicht die Richtung ausmachen. Dann sah sie den matten Licht-

schein. Sich dicht an der Wand haltend, ging sie auf ihn zu. Plötzlich verschwand er. Stine schlich weiter im Dunkeln. Jetzt war es so still, dass sie sogar ihr Herz klopfen hörte. Da war das Licht wieder! Ein schmaler Streifen, ein heller Fleck. Es war bei der Stiefelkammer, ja, das Licht drang durch die Brettertür. Stine schaute durch das Astloch der Brettertür in die Stiefelkammer. Da stand ihre Mutter, ein Tuch überm Nachthemd. Ein Mann umarmte sie.

Mein Vater ist da, durchfuhr es Stine. Klaus Störtebeker! Das musste er sein. Er trug einen kostbaren Mantel mit Pelzbesatz. Sein Gesicht konnte sie nicht erkennen. Es lag auf dem Gesicht der Mutter. Vater und Mutter küssten sich.

Stine stand draußen an der Tür. Sie zitterte. Sollte sie die Tür öffnen? Warum überlegte sie das überhaupt? Warum tat sie es nicht? Mit einem Satz dem Vater an den Hals springen! Er würde die Arme ausbreiten und sie anlachen. Oder etwa nicht …? Vielleicht wollte er keine Tochter haben. Oder er wusste nicht einmal, dass es Stine gab. Ja, so war es! Die Mutter nahm ihn für sich allein. Darum hatte sie Stine nie vom Vater erzählt!

Stine legte ihr Auge wieder ans Astloch. Sie konnte nichts mehr erkennen. Vater lehnte drinnen an der Tür. Sie steckte den Finger ins Astloch, vorsichtig. Die Fingerspitze berührte den Stoff. Vaters Mantel!

Irgendwann nahm Stine die Hand von der Tür. Sie tappte im Dunkeln zurück.

Zu Albrecht sagte sie nur: »Er ist da. Wir müssen los. Die Mutter aber nehme ich nicht mit.«

Warum nicht? Das hätte Albrecht gern gewusst, aber er sagte nichts. Er hatte Stines Schniefen gehört. Das bedeutete, sie wusste es selbst nicht und es machte keinen Sinn, mit ihr zu reden.

Stine und Albrecht sahen sich noch einmal nach dem Rittergut um. Im Morgengrauen lag es wie entrückt. Ohne Trennungsweh gingen sie fort. Nicht einmal der Gedanke an die Mutter bereitete Schmerz. Von nun an würde alles neu und schöner werden, das war das Einzige, was zählte.
Die Wege waren nass. Sie mussten Pfützen, groß wie Seen, umgehen und versanken manchmal bis über die Knöchel im Schlamm. Aber bald schien die Sonne warm und trocknete sie wieder.
Auf dem Rücken trug jeder ein Säckchen mit Brot und Speck und Hirsekuchen und was sie sonst in der Küche gefunden hatten. In aller Ruhe hatten sie, was sie brauchten, zusammensuchen können. Die Leute arbeiteten auf dem Acker. Weil der Frühling so spät gekommen, hatten sie jetzt umso mehr zu tun.
Stine und Albrecht hielten sich am Waldrand oder hinter den Hecken. So viel Volk trieb sich draußen herum, da konnte sie leicht einer sehen und verraten.
Den ganzen Tag waren sie unterwegs. Wenn sie Hunger und Durst hatten, setzten sie sich an einem trockenen Flecken nieder, und als es dämmerte, hörten sie Glockengeläut. Von einem Hügel aus konnten sie in der Ferne den Kirchturm sehen. Vielleicht war das schon Wismar! Heute würden sie es nicht mehr bis dahin schaffen. Schnell wurde es dunkel und sie brauchten einen Schlafplatz. Am Weg hatte jemand ein Fuhrwerk stehen lassen, weil die Achse gebrochen war. Darunter verkrochen sie sich. Der Boden war hart. Kleine Steine drückten sie im Rücken.

»Lass uns auf den Wagen klettern«, sagte Albrecht. »Da liegen wir bestimmt besser.«
»Wenn wir oben schlafen, wird man uns entdecken. Der Vollmond scheint«, sagte Stine.
Sie lauschten in die Nacht. Jedes Geräusch war in der Finsternis um vieles lauter als am Tag.
»Es kommt jemand«, flüsterte Albrecht.
Über das Feld bewegte sich ein großer Schatten. Sie hielten sich bei den Händen und drückten sie fest. Dann erkannten sie, dass es ein mächtiges Wildschwein war.
»Oben im Wagen wäre es doch besser gewesen«, flüsterte Albrecht und dann wimmerte er vor Angst.
Auch Stine hatte Angst. Aber wenn sie mit weinte, würde es erst recht schlimm.
Das Wildschwein kam immer näher.
»Wir müssen weg!«
Stine kroch unter dem Leiterwagen vor. Albrecht blieb sitzen und jammerte laut.
»Still doch!«, zischte Stine. »Du machst die Sau auf uns aufmerksam. Komm!«
Sie nahm Albrecht bei der Hand.
»Stine!«, schrie Albrecht, und da wurde sie gepackt und ein schwerer, stinkender Sack ihr über Kopf und Leib gestülpt.
»Keinen Mucks, wenn dir dein Leben lieb ist!«, befahl eine Männerstimme.
Ein Seil wurde um sie geschnürt. Das tat weh. Sie zuckte und schrie leise auf.
»Still, sonst landest du bei den wilden Tieren!«, schimpfte die Männerstimme.
Stine wurde hochgehoben und fortgetragen. Sie versuchte, etwas zu erkennen, aber das Sackleinen war dicht

gewebt. Plötzlich fiel sie hart. Pferdetrappeln und Räderrasseln. Stine wurde kräftig durchgerüttelt. Das ging lange so. Stine fürchtete schon, ersticken zu müssen. Endlich stand das Gefährt. Sie wurde wieder gepackt und getragen. Sie hörte Stimmen und meinte, welche zu erkennen, war sich aber doch nicht sicher. Türen quietschten und krachten, sie wurde runtergelassen, gestoßen, stürzte auf Stein. Das Seil wurde gelöst und man holte sie aus dem Sack. Jetzt konnte sie den schrecklichen Mann sehen, der sie gefangen und in ein Verlies gebracht. Nein, sie war ihm nie zuvor begegnet. Der Mann würdigte sie keines Blickes. Er ging hinaus und verschloss hinter sich die Tür. Wohin war sie gekommen? Überall Wände von Stein, hoch über ihrem Kopf versperrt mit einem Eisengitter. Es sah aus wie ein Turm. Von noch weiter oben drang etwas Licht zu ihr hinunter. Vielleicht war es Tag. Stine versuchte sich zu bewegen.
Das tat weh. Sie wollte weinen, aber auch das ging nicht. Schließlich schlief sie ein.

9

Die Waffenknechte des Ritters hatten Albrecht und Stine aufgespürt.
Albrecht war wieder an dem Ort, von dem er sich am sehnlichsten wegwünschte – in der Kammer mit dem schmalen Bett, dem Pult, einem Wandschrank und einem Stuhl. Er lag auf dem Bett und wagte nicht, sich zu rühren. Er schämte sich für seine Dunkelangst. Stine, die

fürchtete nichts! Es war noch immer besser unter einem Leiterwagen Auge in Auge mit einer Wildsau, wenn nur Stine dabei war, als hier so verlassen in der Finsternis. Er hörte Schritte. Jemand näherte sich seiner Kammer und hielt an der Tür. Albrecht zog die Decke über den Kopf. Die Tür wurde geöffnet.

»Sohn, schläfst du …?«

Es war der Ritter. Albrecht atmete tief durch. Er nahm die Decke vom Gesicht.

Der Ritter saß auf der Bettkante und sah ihn an. Und Albrecht sah den Ritter an und wunderte sich, weil er ihn so verändert fand.

»Ich muss dir etwas sagen, wovor ich dich bisher habe schützen wollen und vielleicht auch mich selbst«, sprach der Ritter.

Er setzte das Licht auf dem Schreibpult ab. Erst jetzt fiel Albrecht auf, dass der Ritter im Nachtgewand war und dass er ihn so noch nie zuvor gesehen hatte.

»Mein Sohn …«, sagte der Ritter und machte eine Pause.

»Mein Sohn, wir sind bettelarm.« Er schwieg wieder.

Und Albrecht schwieg. Was sollte er auch zu dieser Nachricht sagen? Sie hatte eigentlich keine Bedeutung für ihn. Er wollte sowieso nichts vom Besitz des Ritters haben.

»Es macht mir nichts aus«, sagte er.

Plötzlich fühlte er sich so wohl, als sei eine schwere Last von ihm genommen. Er schob die Decke mit den Beinen weg und setzte sich auf. Der Vater wunderte sich über sein frohes Gesicht.

»Ich bin erleichtert, dass du es mit Fassung trägst«, sagte er. »Aber Grund zur Sorglosigkeit besteht nicht. Wie soll unser Leben weitergehen? Die Frage beschäftigt mich Tag und Nacht.«

»Lass mich in die Welt hinaus, Vater, ich will mich schon durchschlagen«, sagte Albrecht.
»Ja, in die Welt hinaus! Das möchte ich auch«, sagte der Ritter.
Er griff nach Albrechts Hand. Albrecht entzog sie ihm.
»Eben das meine ich«, sagte der Vater und sah ihn streng an.
»Du denkst nur an dich! Was wird mit dem Gut, was mit unseren Leuten?«
»Sie werden für sich selbst sorgen, wenn du sie nur lässt. Die Leute brauchen uns nicht, die können alles selbst. Sie können mehr als ich ... und du«, fügte Albrecht mutig hinzu.
»Ob sie dich brauchen, ist eine berechtigte Frage«, sagte der Vater. »Mich brauchen sie bestimmt. Ohne Regentschaft geht alles drunter und drüber. Die Leute sind unvernünftig wie Kinder, wie du. Sie treffen keine Vorsorge. Sie sind unfähig, mit dem Erwirtschafteten zu handeln. Sie streiten herum, anstatt ihre Arbeit zu tun. Nein, ich kann sie nicht allein lassen. So gern ich es möchte. Ach, wie lange ich das schon möchte! Wie das alles hier mich quält und wild und verrückt macht!«
Er stöhnte laut und schlug die Hände vors Gesicht.
Als er wieder aufsah, war sein Gesicht ruhig und entschlossen.
»Worum streiten wir eigentlich, du und ich? Da wir doch den gleichen Wunsch in uns tragen! Wir wollen beide fort. Ich kann es nicht. Und zugleich merke ich, dass es keinen Sinn hat, in der alten Weise fortzufahren. Ich erfülle meine Pflichten wie immer. Trotzdem bringt mein Mühen keinen Lohn. Nein, es liegt nicht an mir, es liegt an etwas anderem. Woran? Ich weiß es nicht. Die Zeit hat es mit sich gebracht. Früher war alles schöner,

leichter und glücklicher. Warum hat es sich so ins Düstere, Bedrückende gewandelt? Nein, ich verstehe es nicht.«

Jetzt hätte Albrecht am liebsten nach des Vaters Hand gefasst, die da so schwer und voller Runzeln und brauner Flecken auf seiner Decke lag.

»Nicht du, ich bin der Trotzige und Unbelehrbare gewesen!«, sagte der Vater. Er stand auf. »Du junges Blut hast dich gesträubt, dich gegen das Alte zur Wehr gesetzt. Recht hast du getan! Dir gehört die Zukunft! Du willst fort – gut. Es soll so sein.«

Albrecht blickte den Vater an. Aufrecht und entschlossen stand er da, trotz des Nachtgewandes ein stolzer Ritter.

»Schlaf, mein Sohn«, sagte der Vater. »Wir sprechen weiter, wenn mein Entschluss durchführbar ist.«

Er nahm das Licht vom Pult und ging hinaus. Es war wieder stockdunkel in der Kammer. Albrecht fühlte das Blut in seinen Adern klopfen. Was wird mit mir geschehen?, überlegte er aufgeregt. Was hat der Vater vor? Ach Stine, könnte ich doch mit dir reden! Wärest du doch hier!

Albrecht ahnte nicht, dass Stine nicht weit von ihm entfernt im Turm gefangen saß.

Und Stine wusste überhaupt nicht, wo sie war und warum man sie eingesperrt hatte.

Ein düsterer Kerl, dessen Gesicht sie im Schatten der Mauern nicht erkennen konnte, schob ihr hin und wieder einen Brotkanten und einen Krug mit Wasser durch eine Öffnung in der Eisentür.

Das Leben war in Stines Glieder zurückgekehrt. Sie konnte nun Albrecht richtig verstehen. Wie er sich gefühlt hatte, als er in der Bettstatt versteckt war. Sie

wünschte sich so sehr, die Beine im schnellen Lauf strecken zu können! Sie durchsuchte ihre Zelle, ohne eine Möglichkeit zur Flucht zu finden. Nun langweilte sie sich. Langeweile war das Letzte, was Stine ertragen konnte. Wie froh war sie, als sich eine Maus zeigte! Stine blieb still sitzen und die Maus näherte sich. Sie schnupperte an Stines Fuß. Stine musste sich das Lachen verkneifen. Dann krabbelten vier nackte Mäusepfoten über ihr Bein. Sie fühlte den dünnen, kühlen Schwanz. Die Maus hatte lange, seidige Barthaare und eine rosa Nase und Ohren, durch die das Licht schimmerte.
Wäre ich nicht hier eingesperrt, hätte ich niemals gewusst, was für ein kleines lebendiges Wunder eine Maus ist, dachte Stine. Und sie machte sich daran, die Maus zu zähmen.

Stine wurde wach, weil die Tür ging.
»Mutter!«, rief sie und sprang auf und war schon bei ihr. »Mutter, was machst du hier!«
Die Mutter sagte nichts. Sie hielt Stine mit beiden Armen umfangen, drückte sie an sich, küsste sie auf den Scheitel, wieder und wieder. Endlich konnte Stine sich freimachen. Und sie erfuhr, dass sie im Turm des Ritters gefangen saß.
»Was ist dir passiert Mutter?«, fragte sie.
Denn das Gesicht der Mutter war auf der einen Seite stark geschwollen. Da erzählte ihr die Mutter, wie zornig der alte Ritter wegen der Flucht von Stine und Albrecht gewesen war. Mit dem Schwert in der Hand war er losgelaufen, um Stine zu töten.
»Lasst mein Kind leben!«, hatte die Mutter geschrien und sich ihm entgegengeworfen.
Der Ritter hatte mit dem Schwert nach ihr geschlagen.

»Ein Ohr habe ich verloren und dafür meine Stine behalten. Das ist ein guter Tausch«, sagte die Mutter.
Die Mutter hatte den Ritter angebettelt, sie und Stine aus der Leibeigenschaft freizugeben.
»Du willst also fort«, hatte er gesagt. »Aber wenn ich an meinem Platz bleiben muss, bleibst du auch.«
Albrecht ließ er nach Hamburg bringen. Zu wem und wieso, erfuhr niemand. Dann befahl er die Mutter wieder vor sich.
»Dein Kind soll nicht länger mit dem Turm bestraft werden. Fällt es mir jedoch noch ein einziges Mal durch etwas Unrechtes auf, schlage ich ihm den Kopf ab«, sagte er.
Die Mutter sah Stine in die Augen. Es waren Augen kristallhart und kristallklar und tiefer als die tiefste See.
»Ich glaube nicht, dass du dem Ritter gehorchen kannst«, sagte sie.
Stine schniefte.
»Du musst dir Mühe geben, so gut du kannst.«
Stine nickte.
»Komm!«
Die Mutter führte Stine hinaus unter den Himmel. Der Frühling war da in seiner ganzen Pracht – grün und bunt. Weiße Blütenflocken fielen auf die Erde wie Schnee.
Da dachte Stine an den Winter und an Albrecht, sie dachte an Klaus Störtebeker und Mutters Ohr und an alles, was sie selbst durchgemacht hatte. Und sie konnte endlich weinen.

10

Der Winter war zu lang und zu kalt gewesen. Der Mai war zu heiß und zu trocken. Die Felder des Ritters verdorrten.
Hans hatte die Pferde in den Stall gebracht, um sie vor der Mittagshitze zu schützen. Da standen sie mit hängenden Köpfen, von Fliegenschwärmen geplagt. Stine und Hans setzten Bottiche mit Wasser vor ihnen ab und kühlten selbst Hände und Arme darin.
Plötzlich stand der Ritter in der Stalltür.
»Hinaus, fauler Bengel!«, schrie er Hans an. »Die Pferde angeschirrt und aufs Feld!«
»Herr, es ist Mittag und viel zu heiß«, sagte Hans. »Die Tiere nehmen Schaden.«
»Ihr richtet mich zugrunde!«, schrie der Ritter. »Faules Pack! Ihr seid schuld, dass Scheune und Speicher leer sind! Erst fresst ihr alles auf, dann wollt ihr nicht arbeiten!«
»Aber was können wir tun, Herr?«
Hans war ganz betroffen. Er senkte den Kopf und seine abstehenden Ohren leuchteten feuerrot.
Hans kann doch nichts dafür, wollte Stine am liebsten rufen. Er kann keinen Regen machen! Aber sie dachte an die Warnung der Mutter und presste die Lippen aufeinander.
»Spann die Pferde an!«, schrie der Ritter.
Er war wieder so wütend, dass niemand ihm Einhalt gebieten konnte, und langte nach der Peitsche, die an der Stallwand steckte. Er schlug Hans. Und er erwartete, dass Hans sich die Schläge gefallen ließ. Kein Leibeigener durfte sich der Strafe seines Herrn widersetzen. Hans

hatte das auch noch nie getan. Aber diesmal duckte er sich, als die Peitsche durch die Luft pfiff. Er machte einen Sprung zur Seite und suchte Schutz hinter einem Strohballen.
»Komm vor, Bangbüx!«, rief der Ritter.
Hans gehorchte nicht, sondern kroch nur tiefer ins Stroh hinein. Der Ritter versuchte, ihn zu erreichen. Er stieß den Peitschenstiel ins Stroh. Stine drückte sich hinter ihm aus dem Stall. Sie lief in die Gesindestube.
»Lise, dein Hans widersetzt sich dem Herrn!«, rief sie.
Da war auch schon der Ritter hinter ihr.
»Heizt den Ofen an!«, befahl er. »Und ihr vier holt Hans aus dem Stroh!«
Er stieß die Knechte über die Schwelle.
Lise ging beiseite, presste sich die Schürze vors Gesicht und weinte.
Zwei Mägde knieten gleichzeitig vorm Feuerloch. Aber entweder machte die Angst vor dem Ritter sie ungeschickt oder die Sommerhitze drückte zu sehr – sie konnten kein Feuer in Gang bringen. Der Ritter schob sie beiseite und machte sich selbst die Hände schmutzig.
»Mehr Holz!«, befahl er. »Schiebt nach!«
Je heißer der Ofen glühte, desto kühler schien er selbst zu werden. Und als die Knechte Hans brachten, sagte er mit kalter Stimme: »Bindet ihn am Ofen fest!«
Lise schrie auf und warf sich Hans an den Hals.
»Mach dich hinaus, bevor ich es mir anders überlege«, sagte der Ritter zu Lise.
Sie weinte und verließ die Stube. Die alte Berta hielt sich den Mund zu und ging auch.
Hans wurde mit dem Rücken an den heißen Ofen gestellt. Er verzog das Gesicht im Schmerz.

»Bangbüxen gibt's nicht auf meinem Hof«, sagte der Herr. »Bindet ihn fest!«
»Das dürft ihr nicht!«, schrie Stine da.
Der Ritter sah sie an mit Augen, kalt wie der Tod.
»Wo ist deine Mutter?«
Hans schrie laut. Der Ritter drehte sich nach ihm um. Als er sich wieder zu Stine wenden wollte, war sie fort.

Der Ritter ließ Stine und ihre Mutter überall suchen, nur auf dem Wolfsberg nicht.
Vor dem Wolfsberg fürchtete sich alles Volk. Der Wolfsberg war keine Zuflucht.
Schwarz war die Nacht, Stine und die Mutter konnten die Hand vor Augen nicht erkennen. Es knackte und raschelte ganz in ihrer Nähe.
»Fürchtest du dich vor dem schwarzen Wolf?«, flüsterte die Mutter.
»Nein«, flüsterte Stine. »Aber vor dem Wildschwein.«
Die Mutter lachte leise.
Wie kann sie lachen, wenn der Hans vielleicht tot ist und wir auch bald, dachte Stine.
Sie ärgerte sich über ihre Mutter. Sie ärgerte sich über den Zweig, der sie schon die ganze Zeit in den Rücken stach. Und sie ärgerte sich, dass sie die Beine ungeschickt gesetzt hatte und sie ihr nun wehtaten. Die größte Gefahr war vorbei. Aber wie sollte es weitergehen?
»Vielleicht findet uns Klaus Störtebeker«, sagte Stine.
»Wie kommst du darauf?«, fragte die Mutter.
»Ihr seid Mann und Frau!«, sagte Stine und ihre Stimme klang vorwurfsvoll.
»Ich habe dir oft genug gesagt, dass ich diesen Unsinn

nicht hören will! Merkst du nicht, wohin du uns mit deinen Verrücktheiten bringst?«
Stine schwieg. Oh, sie war so wütend. Wütend auf die Mutter, die sich weigerte, mit ihr über den Vater zu reden. Und wütend auf sich selbst. Es stimmte ja, jeder Versuch, den eigenen Weg zu gehn und das zu tun, was sie selbst für das Richtige hielt, hatte ein schlimmes Ende gefunden. Die Mutter musste ärgerlich sein. Jedes Mal war sie mit hineingezogen worden.
Plötzlich krachte es. Gerade hatte sich Stine gewünscht, ohne den Halt und die Hilfe der Mutter auszukommen. Jetzt klammerte sie sich an sie. Der Wald wurde von Blitzen grell erleuchtet. Es rumpelte und donnerte ohne Pause. Dann stürzte ein Regen auf sie hinunter wie Peitschenhiebe. Sie hielten einander fest. Stine hörte die Mutter beten. In der Ferne lohte ein Feuer auf. Ein Blitz musste eingeschlagen haben.
Erst als der Morgen graute, beruhigte sich das Wetter. Weiter weg grummelte es noch, aber überm Wolfsberg riss der Himmel auf. Das Sonnenlicht glitzerte durch die nassen Zweige und spiegelte sich abertausendmal in den Regentropfen, die an den Blättern hingen. Stine und die Mutter standen auf und reckten ihre Glieder. Sie waren nass und schmutzig. In ihren zerrissenen Kleidern und mit den Kratzern, die sie sich auf der Flucht durch das Dickicht geholt hatten, sahen sie zum Fürchten aus.
»Wie wunderschön alles ist!«, rief die Mutter. »Ach, ich habe mich lange nicht so froh und frei gefühlt! Was machst du für ein finsteres Gesicht?«
Stine schwieg trotzig.
»Weißt du was? Wir gehen zu Albrecht! Nach Hamburg!«
»Wie denn?«

»Wir werden schon Leute finden, die uns helfen. In Wismar habe ich Verwandte. Nimm dich zusammen! Seit wann macht dir eine Gewitternacht im Wald derart zu schaffen? Ich habe dich immer für mein Räuberkind gehalten und war stolz darauf!«
»Du lügst!«
Stine konnte nicht mehr an sich halten.
»Du hast mich dafür beschimpft und meinen Vater auch! Du schämst dich ja bis heute für ihn. Triffst ihn nur heimlich und lässt ihn nicht zu mir! Das ist so gemein!«
Die Mutter hörte sie ruhig an.
»Streite nicht mit mir, sondern spare deine Kraft!«, sagte sie dann. »Später wirst du alles verstehen. Jetzt müssen wir nach Hamburg, das habe ich bei Blitz und Donner geschworen. Bei Blitz und Donner hab ich dich geboren, weil ich es so wollte, und freu mich an dir, auch wenn alle sagen, dass ein uneheliches Kind eine Schande ist. Damit es dir gut geht, bin ich auf dem Rittergut geblieben. Und weil ich Albrecht lieb habe. Ich lasse mich nicht von ihm trennen! Ich werde ihn in Hamburg schon finden. Du willst doch auch zu ihm!«
Das stimmte schon. Stine hätte sich freuen können, dass die Mutter dasselbe wollte wie sie. Aber sie freute sich nicht, sondern spürte einen Schmerz, der ihr die Brust zusammendrückte. Diesen Schmerz hatte sie schon einmal gefühlt. Als sie Vater und Mutter in der Stiefelkammer belauscht hatte, wo sich die beiden küssten.
»In Hamburg können wir aus der Leibeigenschaft heraus, Stine«, sagte die Mutter. »Dort wird uns der Ritter nicht so schnell finden. Wenn wir es schaffen, ein Jahr und einen Tag in der Stadt zu leben, darf er uns nicht zurückverlangen. Das ist ein Gesetz.«

Sie nahm Stines Gesicht in beide Hände, küsste es und schaute sie mit wilden, fröhlichen Augen an. So hatte Stine ihre Mutter noch nicht gesehen! Als ob sie etwas anderes sein könnte als Stines und Albrechts Mutter. Ja, was denn? Das hatte Stine sich nie vorgestellt. Plötzlich fühlte sie sich unendlich müde. Sie hatte es satt, dass dauernd etwas Neues auf sie zukam. Nun sollte sie auch noch den schrecklichen Weg zurückgehen. Den Schutz des Wolfsberges verlassen, halb nackt ... Bestimmt waren die Waffenknechte des Ritters in der Nähe ... Stine schniefte. Die Mutter aber stieg schon über einen am Boden liegenden Baum und reichte ihr die Hand.

11

Endlich konnten sie sich wieder zeigen! Von den Verwandten in Wismar hatten sie andere Kleider und gut zu essen bekommen. Nur von Störtebeker und seinen Piraten hatte Stine dort nichts gesehen oder gehört. Wenn sie doch schon in Hamburg wären! Stine wollte sofort zu Albrecht gehn und mit ihm hinunter zum Hafen laufen. Dort könnte ein Schiff von Klaus Störtebeker vor Anker liegen! Aber in Hamburg waren sie noch lange nicht.
Jeden Abend suchte Mutter eine Unterkunft. Nicht selten mussten sie dafür anderntags mit einer Arbeit bezahlen: Unkraut jäten, Holz spalten, Rüben putzen, Wolle kämmen – alles eben, was Stine überhaupt nicht gern tat. Bevor sie damit fertig waren, ging der Tag wie-

der zu Ende und nach Hamburg würde es noch länger dauern.
»Renn nicht so!«, sagte Mutter, wenn sie endlich wieder unterwegs waren. »Du hast genug Blasen an den Füßen.«
Blasen hatte Stine, aber das machte ihr nichts aus. Sie wollte vorwärts!

Eines Tages hielt eine Kutsche auf dem Weg. Ein vornehmer alter Herr beugte sich heraus.
»Möchten die Damen mir Gesellschaft leisten?«, fragte er.
Stine rief sofort ja und wollte einsteigen. Die Mutter hielt sie zurück.
»Sie wissen, dass wir keine Damen sind und es uns nicht zusteht, in einer Kutsche zu reisen«, sagte sie zu dem Herrn.
Warum sprach sie so grob? Sie waren doch freundlich eingeladen und nicht gekränkt worden!
»Habt keine Angst«, sagte der alte Herr. »Ich reise allein und niemand kann uns verraten. Ihr vertreibt mir die Langeweile und kommt dafür schneller voran.«
»Mir ist das recht!«, rief Stine. »Ich fahre mit!«
Sie ergriff die Hand des Herrn und ließ sich in die Kutsche hineinhelfen. Mutter blieb gar nichts anderes übrig, als es ihr nachzutun. Wie sauste die Kutsche dahin, von vier Pferden gezogen! Felder, Wiesen und Wälder flogen nur so vorüber. Manchmal blieben Leute am Wegrand stehen, nahmen den Hut ab und sahen ihnen nach. Bestimmt beneideten sie die Reisenden und hielten die Insassen der Kutsche für reiche Leute. Reich war aber nur der freundliche Herr. Ach, Stine wollte auch eine Kutsche besitzen wie er. Sie musste nur erst Klaus Störtebeker finden. Dann würde sie ihn darum bitten. Und um noch viel

mehr. Sie wollte es nicht umsonst! Der Vater sollte schon sehn, wie Stine kämpfen konnte! Mit jedem Jahr würde sie größer und stärker werden und bald in nichts den anderen Piraten nachstehen.
»Ich bin Kaufmann Holter«, stellte sich der Herr vor, »und war geschäftlich in Lübeck und Wismar unterwegs.«
Er zog einen Korb unter seinem Sitz hervor. Stine sah eine Flasche Wein, Gläser und kleine Kuchen. Von allem gab er ihnen. Die Mutter nahm zwar an, aber ihr Gesicht wurde nicht freundlicher. Stine schämte sich für sie.
»Nun möchte ich gern wissen, woher ihr kommt und wohin ihr wollt«, sagte der Herr, nachdem er getrunken hatte.
Die Mutter sah Stine streng an.
»Das darf ich nicht sagen«, sagte Stine.
»Braves Mädchen«, lobte der Herr. »Ich will dich auch nicht zum Ungehorsam verführen. Allerdings müsst ihr mir sagen, wo ich die Kutsche anhalten soll, damit ihr aussteigen könnt, wenn ihr zu Hause seid.«
»In Hamburg!«, rief Stine schnell.
»So ein Zufall!«, sagte der Herr. »Da ist auch mein Zuhause und wir können bis zum Ende der Reise zusammenbleiben.«

Es war tiefe Nacht, als die Kutsche vor einem zweistöckigen Haus hielt. Herr Holter bat Stine und ihre Mutter einzutreten. Prächtig sah es drinnen aus, prächtiger noch als in den Gemächern des Ritters daheim auf dem Gut. Der Kaufherr ließ auftragen und lud sie ein, mit ihm zu speisen.
»Ihr wundert euch, weil ich euch behandle wie meinesgleichen, nicht wahr?«, fragte er.

»Ja, ich wundere mich, seit Ihr die Kutsche für uns angehalten habt«, sagte die Mutter.
»Ich will es erklären«, sagte Herr Holter. »Mein Großvater war selbst ein armer Mann. Er führte einen kleinen Handel unten am Hafen. Fleißig, geschickt und sparsam. Noch dazu hatte er Glück. Eines Tages strandete ein Schiff. Er eroberte einen Ballen von dem guten flandrischen Tuch. Ihr kennt es gewiss?«
Nein, davon hatten Stine und die Mutter keine Ahnung. Sie wussten nicht einmal, wo Flandern lag.
Der Kaufherr führte sie zu einer großen Land- und Seekarte. Da also war Hamburg und da die Ostsee und weiter links die Westsee und alles war gar nicht so weit auseinander, wie Stine gedacht hatte. Es würde nicht schwer sein, Klaus Störtebeker zu finden!
Herr Holter fuhr mit dem Finger den Weg entlang von Hamburg über die Elbe und die Westsee nach Flandern. Und wieder zurück. Und dann führte er den Finger weiter über die Ostsee.
»Das ist Russland«, sagte er, »und das die Stadt Nowgorod. Mein Großvater war einer der ersten Männer, die sich nach Russland wagten, um dort zu handeln. Er besaß noch nicht einmal ein eigenes Schiff. Ein anderer Händler nahm ihn mit und er gab ihm dafür von dem flandrischen Tuch. Ihr müsst wissen, es ist so fein wie kein Tuch sonst. Die halbe Welt ist verrückt danach, das macht es noch kostbarer. Ich glaube, damals war so ein Ballen Tuch mehr wert als drei Kutschen. Von den Russen bekam mein Großvater Pelze dafür. Die russischen Pelze sind dichter und wärmer als jeder Pelz von einem Tier aus unseren Wäldern. Das kommt daher, weil die Winter in Russland viel länger und kälter sind. Die Hamburger

stürzten sich nur so auf die Pelze. Der Handel mit Tuchen und Pelzen machte meinen Großvater reich. Mein Vater führte den Handel fort und baute ein Kontor in Nowgorod. Heute haben wir in Nowgorod ein Haus und Speicher und einen hohen Palisadenzaun, um uns vor Dieben zu schützen. Aus alledem habe ich eines gelernt«, sagte Herr Holter und winkte Stine und die Mutter an den Tisch zurück. »Es ist nicht wahr, dass arm bleiben muss, wer arm geboren wurde, wie uns die Kirche und die adligen Herren glauben machen wollen. Jeder ist selbst seines Glückes Schmied und ein Mensch so gut wie der andere.«
»Dann nehmt Ihr also jeden in Eurer Kutsche mit, solange der Platz reicht?«, fragte die Mutter und lächelte zum ersten Mal den Kaufherrn an.
»Das nun gerade nicht«, sagte er und lächelte zurück. »Aber mit dir und deiner Tochter hat es eine besondere Bewandtnis, das habe ich gleich gemerkt. Es genügt, euch in die Augen zu sehen. Wenn ihr wollt, könnt ihr in meinem Haus bleiben und gegen Geld arbeiten, solange es euch gefällt. Vielleicht macht ihr bei mir euer Glück und der liebe Herrgott sieht mich dafür freundlich an, wenn ich eines Tages vor ihm stehe.«

Ja, Stine wollte ihr Glück machen! Schon einige Male war sie unten am Hafen gewesen. Aber das Schiff von Klaus Störtebeker lag nicht vor Anker. Albrecht hatten sie auch nicht gefunden, obwohl Herr Holter ihnen half, sich in der großen Stadt Hamburg zurechtzufinden.
Hamburg gehörte eher den Kaufleuten als dem Adel. In den Händen der Kaufleute lag alles, was die Menschen an Gütern begehrten. Manche Kaufleute waren reicher als die adligen Herren und hatten gelernt, selbst zu bestim-

men. Sie fanden sich in der weiten Welt zurecht, denn sie hatten überall ihre Kontore – in England, Holland, Flandern, Spanien, Russland und wo noch. Der Adel war nicht gerade erfreut über die neue Macht der Kaufleute, das hatte Herr Holter ihnen erzählt. Und dass die Kaufleute den Hansebund gegründet hatten, um sich noch besser behaupten zu können. Hamburg war Mitglied der Hanse – wie Wismar, Rostock, Greifswald, Stralsund, Lübeck, Bremen – an die 80 Städte waren in diesem Bund.
In so einer Hansestadt wie Hamburg ging es ganz anders zu als daheim auf dem Gut, das hatte Stine gemerkt. Mutter und sie konnten sich frei bewegen und tun und lassen, was sie wollten, wenn sie nur Geld hatten. Viele, viele Leibeigene hatten sich genau wie Mutter und sie nach Hamburg geflüchtet, um nach einem Jahr und einem Tag freizukommen. Die meisten von ihnen waren ohne Obdach und litten Hunger. Wie viel besser ging es ihnen bei Kaufmann Holter, das betonte die Mutter immer wieder. Und Stine musste wohl bei ihm aushalten, bis endlich Klaus Störtebeker mit seinen Schiffen im Hamburger Hafen einlaufen würde. Auf keinen Fall aber arbeitete sie in der Hauswirtschaft mit, wie die Mutter es von ihr verlangte. Schließlich war sie eine Piratentochter!
»Ich möchte Eure Pferde pflegen«, sagte sie zu Herrn Holter. »Bitte zeigt mir den Stall!«
Da lachte Herr Holter.
»Wenn du Pferde magst, nehme ich dich gern wieder einmal in der Kutsche mit«, sagte er. »Aber in den Stall gehört ein so hübsches Mädchen wie du nicht!«
»In die Küche gehöre ich noch weniger!«, sagte Stine laut.
»Auch wenn dir die Hausarbeit keine Freude macht,

musst du doch etwas davon verstehen. Eines Tages wirst du selbst Hausfrau und Mutter sein«, sagte Herr Holter und wollte Stines Wange streicheln. Stine drehte sich schnell weg.
»Ich werde niemals eine Hausfrau sein«, sagte sie fest. »Ich werde arbeiten wie ein Mann.«
»Das wirst du gewiss nicht«, sagte Herr Holter. »Männer und Frauen sind nun einmal verschieden und haben verschiedene Arbeit zu tun.«
»Trotzdem!«, sagte Stine. »Ich arbeite, was ich will! Und dann gebe ich Euch Geld für alles! Glaubt nicht, dass ich umsonst bei Euch wohne!«
Sie ließ Herrn Holter stehn und rannte aus dem Haus. Erst auf der Straße fiel ihr ein, dass Herr Holter selbst gesagt hatte: »Ein Mensch ist wie der andere.« Das hätte sie ihm vorhalten sollen! Albrecht war ein richtig guter Beweis. Der war von der gleichen Milch groß geworden wie sie. Junge oder Mädchen, Ritterkind oder Kind einer Leibeigenen – das sollte sie nicht hindern, ihr Glück zu machen!

12

Schon von weitem sah Stine die Schiffe im Hafen liegen. Stolz standen die Masten vor dem Himmelsblau, und wenn die Segel auch eingezogen waren, konnte Stine sich doch vorstellen, wie sie sich im Wind blähten und mit den weißen Wolken um die Wette flogen. Oh, es musste ein herrliches Leben sein auf so einem Schiff!

Stine nahm ihren Mut zusammen und ging auf die Schiffsbaustelle. Es hämmerte und krachte und der Mann konnte sicher nicht verstehen, dass sie ihm ihre Arbeit anbot. Schließlich klopfte sie ihm auf die Schulter. Da schüttelte der Mann den Kopf und schickte sie fort. Auch der nächste Handwerker, den sie fragte, wollte ihr keine Arbeit geben. Er verbot ihr sogar die Baustelle. Stine tat so, als gehorchte sie. Kaum sah er nicht mehr zu ihr hin, schlug sie einen Bogen, stieg über ein paar Balken und versuchte es bei einem Mann, der an der Säge arbeitete.
»Schaut mal, die kleine Verrückte!«, rief der den Arbeitern zu. »Die denkt, ich lasse sie mitmachen! Eine im Rock!«
Alle starrten Stine an.
»Oder steckt da drunter ein Kerl?«
Er hob Stines Rock. Sie riss sich los.
»Mach schon, zieh dich aus, dann überleg ich es mir vielleicht!«
Der Mann lachte laut und die anderen Männer lachten mit.
Stine rannte von der Schiffsbaustelle. Sie drängte sich zwischen den Leuten hindurch, die am Hafen Markt hielten. Sie verkroch sich hinter den Fischernetzen, die bei einem Segler zum Trocknen aufgespannt waren. Ganz klein machte sie sich in ihrem Versteck, umschlang ihre Knie, legte das Gesicht auf die Arme und weinte.

Es dunkelte, aber Stine ging nicht nach Hause. Unter die Augen des Kaufherrn treten, ohne Arbeit, ohne Geld – niemals! Sie schniefte. Und dann war sie plötzlich hellwach! Sie hatte »Störtebeker« gehört. Eine Männerstimme hatte den Namen genannt.
Stine sah hinüber zu den Fischern und versuchte, ihr Ge-

spräch zu verstehen. Wirklich, sie sprachen über ihren Vater!
»Störtebeker hilft uns«, sagte der Alte mit dem grauen Bart.
»Der Wind steht gut für Helgoland«, sagte der Jüngere.
»Hol Knut, er muss mit, er kennt sich besser aus als ich«, sagte der Alte.
Der Jüngere nickte.
»Beeil dich!«, sagte der Alte. »Es ist gleich Nacht, die beste Zeit zum Auslaufen. Niemand braucht zu wissen, dass wir losmachen. Das gibt nur dumme Fragen.«
Die beiden Männer trennten sich und gingen in verschiedene Richtungen davon.
Stine kam zwischen den Netzen hervor. Sie sah sich um. Hier und da leuchteten Feuer auf im Hafen. Aber kein Mensch war in der Nähe. Stine schlich zu dem Segler. Sie wollte an Bord klettern, bevor die Fischer zurückkamen. Das war gar nicht so einfach und der dumme lange Rock machte es noch schwerer. Oben suchte sie ein Versteck. Im Schiffsbauch waren Fässer gestapelt. In so ein Fass würde sie bequem hineinpassen. Sie hob den Deckel hoch. Puh, stank das! Bestimmt war Fisch da drin gewesen. Stine steckte die Nase in ein anderes Fass, in noch eins – keines roch besser. Also hielt sie die Luft an und kroch in ein Fass. Sie musste sich eben an den Gestank gewöhnen. Ein besseres Versteck gab es sicher nicht! Schon hörte sie Stimmen. Die Fischer kamen an Bord! Sie zog den Deckel zu und verschwand im Dunkel des Fasses.

Stine ging es schlecht! Sie konnte sich kaum rühren in dem Fass und der Gestank war so schlimm, nein, daran würde sie sich nicht gewöhnen! Sie fühlte, wie sie von einer fremden Kraft tief nach unten gedrückt wurde. Ja, sie sauste abwärts, obwohl sie doch unbeweglich in dem Fass hockte. Dann wurde die Talfahrt scharf gebremst. Stine drehte sich der Magen um, da wurde sie schon wieder steil nach oben gedrückt.

Das erste Mal hatte Stine gehofft, es sei nun überstanden und vorbei. Inzwischen wusste sie, es würde immer, immer so weitergehn, hinab und hinauf und hinab und hinauf, solange das Schiff unterwegs war. Ach, wenn ihr Vater sie so erlebte, er würde sie bestimmt aus dem Fass herausholen und fest in den Armen halten, so fest, dass es gegen das Schunkeln und Schaukeln des Schiffes half.

Stine hörte Schritte. Etwas fiel zu Boden. Der alte Fischer fluchte. Er rückte an den Fässern. Es polterte. Licht blendete. Stine hielt sich schnell die Hände vor die Augen.

»He, Steffen, Knut! Her zu mir! Schaut, was wir geladen haben!«, rief der Alte.

Er griff in Stines Haar und zog sie aus dem Fass.

»Oho!«, riefen Steffen und Knut wie aus einem Munde.

»Das ist ein Fang! Stinkt eindeutig nach Fisch«, sagte Knut.

»Lasst mich!«, schrie Stine. »Sonst kriegt ihr es mit meinem Vater zu tun!«

»Oho!«, riefen Knut und Steffen wieder.

Und der Alte fragte: »Wer ist denn dein Vater, du freches Ding?«

»Klaus Störtebeker«, sagte Stine. »Ich bin Klaus Störtebekers Tochter. Bringt mich zu ihm!«

»Komm erst mal in die Kajüte«, sagte der Alte, »und nimm von unserer Grütze, dann wird dir wohler! Siehst ganz grün aus, Kind!«

Von Grütze hätte er lieber nicht reden sollen! Stine

schaffte es gerade rechtzeitig bis zur Reling. Die Männer standen um sie herum und sahen zu, bis sie alles ins Meer gespuckt hatte und den Kopf wieder hochnehmen konnte.
»Ihr glaubt mir nicht, dass ich die Tochter von Klaus Störtebeker bin«, sagte Stine grimmig.
»Wir glauben dir«, sagten Knut und Steffen.
»Du bist es«, sagte der Alte.
»Dann ist es gut«, sagte Stine. »Mein Vater wird es euch danken, dass ihr mich zu ihm bringt.«
Sie bemühte sich um eine dunkle Stimme und eine finstere Miene, ganz so, wie ein Pirat sie haben musste. Aber im Stillen wunderte sie sich, dass ihr die Fischer auf Anhieb glaubten. Das hatte bisher nur Albrecht getan.
»Was ist es, dass ihr mich gleich als Störtebekers Tochter erkennt?«, fragte sie die Fischer.
»Deine Augen«, antworteten Knut und Steffen gleichzeitig.
Und der Alte nickte.

13

»Helgoland in Sicht!«, rief Knut.
Er stand auf Ausguck, stemmte sich gegen den Wind und wischte sich mit der Hand die Gischt vom Gesicht.
»Wir sind da! Wir sind da!«, rief Stine.
Klaus Störtebekers Schiffe lagen in einer Bucht, die von See her nicht einzusehen war. Nur Knut wusste, wie diese Bucht zu finden war. Er lotste das Fischerboot. Möwen flogen um den Mast und riefen sich gellend. Aus den Wel-

len tauchte ein Tier auf, das hatte einen Fischkörper, aber keine Schuppen, sondern ein glattes, graubraunes Fell. Es schaute Stine aus großen braunen Augen an wie ein dickes, neugieriges Menschenkind.
»Guck mal, Steffen, wie merkwürdig!«, rief Stine. »So ein Tier habe ich noch nie gesehen!«
Steffen schaute über die Reling. Das Tier tauchte ins Wasser, kam wieder hoch, rollte sich auf den Rücken und legte die Flossen zufrieden auf seinem glänzenden Bauch übereinander.
»Das ist ein Seehund«, sagte Steffen. »Das Fleisch von diesem Vieh schmeckt aber nicht. Es ist zu ranzig.«
Stine wollte gar nichts von dem Seehund essen. Dazu gefiel er ihr zu sehr!
»Segel raffen!«, rief der Alte.
Steffen gehorchte. Ihr Schiff trieb zwischen Störtebekers Koggen und Holken. Klein und zerbrechlich wirkte es in der Nähe der mächtigen Schiffe. Anlegeplätze gab es hier nicht. Sie ankerten, wie die Piraten es auch getan hatten – mitten in der Bucht. Ein Ruderboot näherte sich dem Segler der Fischer.
»Die Piraten!«, rief Steffen.
Knut schwenkte ein weißes Hemd.
»Sie sollen wissen, dass wir in friedlicher Absicht kommen«, sagte der Alte.
Stine war froh, dass ein weißes Hemd genügte, um derart wichtige Nachrichten weiterzuleiten.
Knut ließ ein dickes Tau hinunter zu dem Ruderboot. Die Piraten kletterten an Bord.
Sie sahen wirklich toll aus! Der eine hatte eine wulstige, blaue Narbe quer überm Gesicht und nur ein Bein. Er trug eine rotsamtene Jacke mit goldenen Knöpfen und

Borten. Der andere hatte ein schwarzes Kopftuch und silberne Ohrringe und fuchtelte mit einem krummen Säbel herum.
»Was wollt ihr?«, schrie er die Fischer an.
Gleich darauf lachte er, als hätte er einen richtig guten Scherz gemacht.
»Wir wollen zu Klaus Störtebeker«, sagte der alte Fischer.
»Einen Stürz-den-Becher kennen wir nicht! Aber wenn du einen suchst, mit dem du um die Wette saufen kannst, so nimm mich!«, alberte der Krummsäbel weiter.
»Halt's Maul!«, schimpfte der Narbige.
Er langte nach Stine.
»Wer bist du?«
Steffen hielt sie fest. »Das ist Klaus Störtebekers Tochter«, sagte er.
Der Krummsäbel lachte und hieb mit seiner Waffe durch die Luft.
»Raus mit der Sprache, wer ist das kleine Weib wirklich und was macht es hier?«
»Das ist Klaus Störtebekers Tochter«, sagte auch Knut. »Sie will zu ihrem Vater.«
»Unser Hauptmann hat kein Kind. Davon hat er nie was gesagt«, sagte der Narbige. »Rein ins Boot mit euch! Ihr seid festgenommen. Das Mädchen bleibt hier.«
»Ich komme mit, das kannst du glauben!«, schrie Stine den Narbigen an. »Ich habe die weite Reise bis hierher gemacht! Da soll ich kurz vorm Ziel aufgeben? Starr mich bloß nicht so finster an! Du jagst mir doch keine Angst ein! Ich hab schon viel Schlimmeres erlebt als dich. Bring endlich den dummen Säbel zur Ruhe! Das Gefuchtel hat doch keinen Zweck.«
Stine sah erst den Narbigen und dann den mit dem

Krummsäbel an und sie wurden beide still und wie gebannt von ihren Augen. Der Krummsäbel steckte die Waffe in den Gürtel und ließ sich am Tau hinunter ins Ruderboot. Der Narbige wartete, bis die Fischer und Stine sich ebenso abseilten. Er staunte, dass ein Mädchen das konnte! Zuletzt sprang auch er vom Tau ab ins Boot, dass es schaukelte und zu kippen drohte. Das wäre nun die rechte Stelle für den Krummsäbel und einen seiner Lachausbrüche gewesen. Doch er lachte nicht, sondern ruderte los.
»Glaubst du das mit der Tochter?«, flüsterte er dem Narbigen zu.
Der zuckte mit den Achseln. »Geheuer ist sie mir jedenfalls nicht«, flüsterte er zurück. »Soll der Hauptmann sie selbst besehn.«

»Du hast es geschafft!«, sagte Steffen und zog Stine an sich. »Du bist auf Helgoland! Auf der Schatzinsel!«
Schätze sah Stine nicht, aber das durfte auch gar nicht sein. Schätze sind ja versteckt und werden erst nach langer Suche gefunden. Stine selbst musste natürlich nicht suchen. Der Vater würde sie gleich zu den geheimen Plätzen führen und ihr alles zeigen. Sie konnte sich gar nicht vorstellen, wo die sein mochten. Es gab kein Waldesdickicht, keine Burgruinen, der Boden war hart. Noch nie hatte sie eine so karge Landschaft gesehen. Sie war nur für die kreischenden Möwen und diese Seehunde gemacht. Ja, die Seehunde fühlten sich hier wohl! Stine blieb stehen und sah ihnen zu. Sie lagen fast zum Greifen nahe am Ufer, genossen die Herbstsonne oder hoppelten bäuchlings mit Hilfe ihres fischähnlichen Schwanzes herum. Das sah so lustig aus, gern hätte Stine einen See-

hund angefasst! Aber viel wichtiger war es, zum Vater zu finden. Schnell holte sie die Männer ein. Sie schob ihre Hand in die von Steffen.
»Da ist schon das Fischerdorf«, sagte Steffen.
In ein Fischerdorf wollte Stine eigentlich nicht. Die kleinen, aus rötlichem Stein gebauten Häuser waren ja armseliger als die Häuser in den Dörfern des Ritters.
Stine wurde langsamer.
»Du brauchst vor den Kerlen keine Angst zu haben«, sagte Steffen. »Die sind zwar wie böse Geister verkleidet, aber richtig nett. Den da kenne ich! Heho!«, rief er und winkte einem Mann zu.
Er war groß und breitschultrig, mit Tierfellen bekleidet und rannte aufgeregt herum. Seine Kumpane auch. Mit Stöcken versuchten sie einen kleinen runden Lederball zu treffen. Dabei kamen ihnen aber andere Männer, mit ebensolchen Stöcken bewaffnet, in die Quere. Diese trugen ordentliche Beinkleider und Hemden oder so prächtige Jacken wie der Narbige. Bestimmt waren sie Piraten.
Und dann sah Stine Klaus Störtebeker! Er war mittendrin in dem seltsamen Spiel und rannte wie die anderen, den Schlagstock schwingend, dem kleinen Ball hinterher. Nur war er viel größer und stärker und schöner als alle!
»Vater!«, schrie Stine.
Sie lief zu ihm, ohne auf irgendjemanden zu achten, und die Kerle in den Tierfellen wie die Kerle in den prächtigen Jacken unterbrachen das Spiel und blieben verblüfft stehen.
»Vater!«, schrie Stine und sprang Klaus Störtebeker an den Hals.
Klaus Störtebeker erstarrte wie ein Denkmal. Dann hielt er das Mädchen fest.

Es hing an seiner Brust und weinte und zwischen den Schluchzern sagte es etwas.
»Das darfst du nicht ... spring nicht so herum ... ein Hauptmann darf das nicht ...«
Allmählich verstand Klaus Störtebeker, was sie meinte. Er löste sich aus der Umklammerung, hob das Mädchen mit kräftigen Armen hoch und ein Stück von sich.
»Lass dich ansehen!«, sagte er. »Was hast du für wunderschöne Augen! Kristallhart und kristallklar und tiefer als die tiefste See, die ich kenne! Und ich kenne die See, das kannst du glauben!«
Er setzte sie vor sich ab. Stine lächelte und wischte sich über das nasse Gesicht.
»Und nun sag mir, wer du bist!«
»Ich bin deine Tochter«, sagte Stine.
Alle Männer waren herangekommen und sahen das Mädchen an, das Klaus Störtebekers Tochter sein wollte. Sie mussten Platz machen, denn auch die Frauen und Kinder waren neugierig. Bisher hatten sie im Hintergrund gestanden und dem Spiel der Männer zugesehen. Nun waren sie ganz lebhaft und redeten durcheinander in einer Sprache, die Stine nicht verstand. Ein paar Frauen rückten Stine auf den Leib und zupften an ihren Kleidern.
»Lasst mein Kind in Ruhe!«, befahl Klaus Störtebeker da.
Steffen, Knut und der Alte freuten sich.
»Da habt ihr's!«, rief der alte Fischer zu dem Krummsäbel und dem Narbigen hinüber. »Das nächste Mal spielt euch nicht so auf!«
Die beiden wagten keinen Mucks. Sie konnten es nicht fassen: Ihr Hauptmann hatte eine Tochter!

Stine war müde. Der Vater nahm sie bei der Hand. Nein, er wohnte nicht in einer der erbärmlichen Fischerhütten. Kein Pirat wohnte da. Die Seeräuber hatten sich ein eigenes Lager aus Zelten aufgebaut. Der Vater führte Stine in sein Zelt. Es war mit Fellen gepolstert und mit bunten Tüchern geschmückt.
Er legte einen Pelz auf den andern und als ein richtiger Berg entstanden war, Stine obendrauf. Sie versank wie in einer Himmelswolke. Noch nie hatte sie weicher geruht! Der Vater nahm den letzten Pelz und wollte sie zudecken. »Ich will unter deinem Mantel schlafen«, sagte Stine. »Darf ich?«
Und der Vater deckte sie mit seinem Mantel zu.
Wenn doch Albrecht mit hier sein könnte, dachte Stine. Sie sah hinüber zu dem Becken, in dem der Vater die Glut schürte. Dann setzte er sich in einen großen, prächtigen Sessel und zündete sich die Pfeife an. Ihr Vater, der Piratenhauptmann! Er war genau der Held, wie Stine ihn sich vorgestellt hatte. Die Inselbewohner, die drei Fischer, die sie hergebracht, und alle wilden Seeräuber achteten und bewunderten ihn. Das war sofort zu merken! Und sie würden noch mehr Respekt vor ihm haben, wenn der Vater in Zukunft das alberne Ballspiel unterließe. Darauf wollte Stine achten.
Die Glut verbreitete einen warmen Schimmer und beleuchtete Klaus Störtebekers Gesicht. Eine helle Locke lag auf seiner Schulter.
Er ist es wirklich, dachte Stine im Einschlafen. Ich bin wirklich und wahrhaftig angekommen.

14

Anderntags holten die Piraten die leeren Fässer vom Fischerboot und rollten andere, gefüllt mit Wein, Honig, Talg und Korn, hinunter zum Strand. Sie halfen den Fischern, die Fässer an Bord zu bringen. Bevor die letzte Ladung hinüber zum Schiff gerudert wurde, nahmen sie voneinander Abschied.
»Jetzt seid ihr reich!«, sagte der Narbige.
»Ihr gebt viel, aber noch viel mehr arme Leute leben in Hamburg!«, sagte Knut.
»Wir wollen schon eines Tages wieder bei euch anlegen«, sagte der Krummsäbel. »Wenn wir Seeräuber Markt halten, geht der Ärmste reich nach Hause!«
Er hieb sich mit der flachen Seite des Säbels auf die Schenkel und lachte.
»Ja, kommt!«, rief Knut. »Kommt bald! Nicht zum Markthalten! Das Beste wäre doch, ihr jagt die Pfeffersäcke gleich zum Tor hinaus!«
»Ja, schwingt die Säbel! Gebt Feuer! Auf die Pfeffersäcke!«, rief Steffen.
»Auf sie! Hurra!«, schrie Stine und hopste herum.
Das sollte ein Tag werden, der wunderbarste überhaupt! Störtebekers Schiffe laufen im Hamburger Hafen ein und stellen die alte Ordnung auf den Kopf! Den Reichen wird genommen, den Armen wird gegeben. Stine selbst macht die Mutter zu einer vornehmen Frau! Dann durchsucht sie mit den Piraten jeden Schlupfwinkel der Stadt, bis Albrecht gefunden ist. Und mit Albrecht geht es wieder aufs Meer hinaus, wie in ihren Träumen.

Der Krummsäbel stieß Stine mit der Hüfte an und lachte. Und Stine stieß mit der Schulter gegen den Krummsäbel und lachte auch.
»Hohohoho!«, brüllten die Piraten durcheinander. »Auf nach Hamburg!«
Stine merkte zuerst, dass der Vater schweigend zwischen ihnen stand.
»Hamburg nehmen wir niemals ein«, sagte Störtebeker, als alle still waren. »Nur auf See werden wir mit den Hamburger Pfeffersäcken fertig. An Land sind wir nicht stark genug.«
»Wir helfen euch!«, riefen Knut und Steffen gleichzeitig.
»Die armen Leute streiten auf eurer Seite«, fügte der Alte hinzu.
»Wenn ihr eure Mannschaften zusammenhabt, gebt mir Bescheid«, sagte Störtebeker.
Dann drückte er Stines beide Hände und schob sie zu Knut, Steffen und dem Alten hinüber. »Gebt gut auf sie Acht!«, sagte er. »Und sorgt, dass es ihr an nichts fehlt!« Damit reichte er dem Alten einen prall mit Münzen gefüllten Beutel.
»Wir können das Geld brauchen«, sagte der alte Fischer. »Aber auch wenn du nicht zahlst, werden wir das Mädchen hüten wie unseren Augapfel. Schließlich ist es Klaus Störtebekers Tochter.« Er zog Stine zu sich heran.
Erst da begriff sie. Der Vater wollte sie nicht behalten! Er wollte sie weggeben! Eine heiße Welle von Wut und Schmerz schoss durch ihren Körper.
»Wie kannst du das tun?«, schrie sie Störtebeker an. »Ich gehöre nicht zu diesen Fremden! Ich bin dein Kind!« Sie machte sich von dem Alten los.

»Für ein Kind ist das nichts, das Piratenleben«, sagte Klaus Störtebeker.
Seine Piraten nickten. Die meisten von ihnen hatten keine Kinder. Manche hatten vor langer Zeit ein normales Leben als Fischer, Bauern oder Handwerker geführt. Von diesen hatten wiederum manche irgendwo an Land in einem fernen Ort eine Frau und Kinder. Aber was nützte ihnen das? Sie sahen sie ja doch nie. Sie gehörten auf See, da kannten sie sich aus und keiner nahm es mit ihnen auf. An Land wurden sie wie Verbrecher verfolgt. Sie brachten ihre Familien nur in Gefahr. Sehnsucht und Sorgen plagten diese Männer und machten ihnen das Leben schwer. Niemand mochte mit ihnen tauschen. Wer keine Kinder hatte und keine Frau, dem ging es besser. Für solche war das Piratenleben genau das Richtige! Gefährlich und hart, aber voller Abenteuer!
»Warum soll euer Piratenleben nichts für mich sein?«, rief Stine.
»Ganz einfach, es ist zu gefährlich«, sagte Klaus Störtebeker.
»Wie sollte es gefährlich sein«, sagte Stine. »Du wirst mich beschützen.«
»Oho!«, rief da der Narbige. »Was antwortest du jetzt, Hauptmann?«
»Ich antworte, dass ich ein junges und unschuldiges Ding, das noch sein Leben vor sich hat, davor schützen muss, gesetzlos zu werden wie wir!«
»Gesetzlos bin ich schon!«, rief Stine. »Ich habe mit einem Ritter gestritten und bin ihm davongelaufen, obwohl ich leibeigen sein soll. Der Ritter wird mich gewiss verfolgen und mit dem Tod bestrafen wollen. Du musst mich vor ihm beschützen, Vater!«
Wie bei einem Duell gingen die Köpfe der Piraten zwi-

schen Stine und Störtebeker hin und her. Es war ja auch ein Duell, eines mit Worten. Wie würde das Wortgefecht ausgehen? Wer würde zuletzt als Sieger dastehen – ihr Hauptmann oder etwa das Mädchen?
Klaus Störtebeker strich sich über die Stirn. Bisher hatte er nichts von einer Tochter gewusst. Von einem Sohn auch nicht. Und jetzt stand ein Mädchen vor ihm, das sein Kind sein wollte. Gestern hatte es ihm Spaß gemacht, sich darauf einzulassen wie auf ein Spiel. Und bis eben noch hatte er geglaubt, mit einem Beutel schwerer Dukaten ein gutes Werk zu tun und damit genug. Wie konnte er dieser Geschichte bloß ein Ende machen? Er atmete tief durch.
»Wo ist deine Mutter, Kind?«, fragte er.
»Sie dient bei einem Kaufherrn, damit sie nach einem Jahr und einem Tag in der Stadtluft frei ist. Ich aber will niemandes Diener sein. Ich will nichts sein als eine Gesetzlose, denn ich hasse die Gesetze. Sie sind doch nur ungerecht und teilen ein in Arm und Reich, Hoch und Niedrig, Mann und Weib.«
»Du bist nun einmal ein Mädchen, und ein schönes dazu! Noch mag dir das nicht gefallen und du glaubst, die Männer sind besser dran.«
»Seid ihr das etwa nicht? He!«
Die Seeräuber grinsten. Stine sah einem nach dem andern ins Gesicht. Da hörten sie mit dem Grinsen auf. Sie wagten nicht mehr, die Scherze auszusprechen, die ihnen auf der Zunge lagen.
»Und was ist mit dir, Knut? Steffen?«
Die beiden jungen Fischer senkten den Kopf. Der Alte aber nickte Stine zu, als wollte er sie in ihrer Rede ermutigen.
»Wer von euch will tauschen? Wer von euch will einen Rock tragen?«, fragte Stine. »Keiner also! Da habt ihr es!«

Sie stemmte die Hände in die Hüften. Ihre Augen blitzten.
»Trotzdem wirst du dich eines Tages nach einem Mann sehnen«, sagte Störtebeker. »So ist das Leben. Wir müssen ihm gehorchen, der eine als Mann, die andere als Frau.«
»Ich mach es wie du!«, sagte Stine leise. »Ich nehme mir den Mann, der mir passt. Kommt er mit mir, ist es gut. Will er nicht bei den Räubern sein, ist es auch gut. Dann lasse ich ihn zurück.«
»Gib auf, Klaus!«, sagte der Narbige. »Was keiner geschafft hat – das Mädchen hat dich besiegt.«
»Wollt ihr das? Soll sie hier bleiben?«, schrie Klaus Störtebeker da. »Ich bin der Hauptmann, aber von Likedeelern! Nicht von einem gewöhnlichen Räuberhaufen! Gleichteiler sind wir und alles gehört uns zu gleichen Teilen – Kogge und Holk, Elend oder reiche Beute! Jeder hier hat seine eigne Stimme. Also! Raus mit der Sprache, was soll ich tun?«
Erst waren die Piraten still, dann tuschelten sie miteinander, dann schwoll ihr Reden an und wurde immer aufgeregter.
Welche fanden es nicht gut, dass ein Kind unter ihnen sein sollte. Es könnte sie verraten, in dumme Situationen bringen, Unordnung auf dem Schiff machen – womöglich würden sie, wenn es in den Kampf ging, plötzlich nicht mehr ihre Waffe finden! Oder das Kind fütterte die Fische mit Goldmünzen! Kinder waren doch unvernünftige Wesen, die nur Arbeit machten.
Die Seeräuberei wollte gelernt sein und brauchte Erfahrung, Mut und Geschick. Ein einzelner Pirat konnte nichts ausrichten. Nur wenn er gut und zuverlässig mit den Gefährten zusammenarbeitete, brachten sie so ein

Kaufmannsschiff in ihre Gewalt. Was sollte ein Kind dazwischen?

Ein Kind zu haben oder sich ein Tier zu halten, das war beinahe die gleiche Mühe. Völlig ungeeignet für ein Leben auf See! Um alles müsste man sich kümmern: dass es zu essen und zu trinken hatte, dass es sich warm genug anzog, bei Regen ins Trockene ging und bei Sonne in den Schatten.

So redeten die einen, andere aber wünschten, Klaus Störtebeker sollte das Kind behalten. Diese hätten selbst gern ein Kind gehabt. Ein Kind konnte immerhin eine Abwechslung sein in ihrem Piratenleben. Ein Kind war etwas Besonderes, mit nichts anderem zu vergleichen. Ein bisschen war es wie der Schiffshund, den sich Krummsäbel hielt – so zutraulich und angefüllt mit Lebenslust. Und doch wieder ganz anders. Mit einem Kind konnten sie reden. Sie konnten ihm ein Spielzeug basteln und ihm das Blasen auf der Flöte beibringen. Ein Kind war eben ein Mensch, nur ein ganz und gar anderer als die erwachsenen Menschen. In Gegenwart eines Kindes durften sie selbst mal wieder klein sein und sich eine Schwäche erlauben und all die Dinge tun, die sie selbst als Kinder getan hatten oder gern getan hätten.

All diese Für und Wider gingen auch durch Störtebekers Kopf, dass der ihm brummte.

»Wir stimmen ab!«, rief Störtebeker in den Lärm hinein.

»Nein!«, schrie Stine. »Nein, nein, nein!«

Alle waren still.

Dieses Mädchen war wirklich unverschämt! Es widersprach dem Hauptmann! Es wollte ihre Piratenversammlung übergehen! Selbst die, die sich eben ein Zusammenleben mit dem Mädchen hatten vorstellen

können, bekamen eine Ahnung, dass das wohl nicht immer so angenehm wie in ihren Wünschen sein würde.
»Seid mir nicht böse«, sagte das Mädchen zu den Seeräubern. »Ich will euch schon noch fragen, ob ihr mich unter euch duldet oder nicht. Aber zuerst muss ich wissen, was mein Vater will.«
Fest hatte sie das gesagt, aber innerlich zitterte sie und fror wie damals, als sie im Rittergut vor der Brettertür gestanden und sich nicht zu ihrem Vater hineingewagt hatte. Einen weiten Weg war Stine seitdem gegangen. Sie konnte nichts mehr tun. Jetzt lag alles bei ihrem Vater.
Klaus Störtebeker stand da und sagte nichts.
Er sah das Mädchen an. Es hielt die Fäuste geballt und seine Wangen glühten rot. Und obwohl es viel kleiner war als er und ungleich schwächer schien, wirkte es gefährlich und forderte ihn heraus. Ein Pirat scheut keine Gefahr und lacht jeder Herausforderung ins Gesicht!
Klaus Störtebeker war nicht zum Lachen. In die Augen des Mädchens war er gefallen wie in die tosende See. Zwei wilden Strudeln gleich zogen sie ihn hinab. Nein, er fürchtete sich nicht. Im Gegenteil war, was ihm da geschah, wunderbar und schön. So schön, dass es wehtat. Klaus Störtebeker, der doch auf der Höhe seines Lebens stand, fand sich plötzlich an dessen Ende und entdeckte, dass das Ende nicht das Ende war. In Stines Augen konnte er ein Stück von der Ewigkeit sehen ...
»Ich will dich«, sagte Klaus Störtebeker. »Ein für allemal. Und ich gebe dich nur heraus, wenn du selbst es verlangst.«
Da jubelten seine Piraten. Der Krummsäbel jubelte und der Narbige auch. Ja, es jubelten alle, selbst die, die sich eigentlich kein Kind gewünscht hatten. Wie ihr Haupt-

mann da stand, eine ungeheure Freude im Gesicht und den Arm um das Kind gelegt und es war ein Mädchen und wunderschön – dagegen konnte einfach niemand etwas haben!
Die Fischer durften das Geld behalten und bekamen noch dieses und jenes Geschenk von den Piraten. Denn die Fischer hatten Störtebekers Tochter schließlich zu ihnen gebracht.
Knut, Steffen und der Alte gingen zufrieden an Bord.
»Auf Wiedersehn!«, versprachen sie.
»Hoihoiho!«, riefen die Piraten ihnen hinterher.
»Nun, mein Kind«, sagte Störtebeker, als das Fischerboot am Horizont verschwunden war und sie ins Zeltlager zurückgingen, »du sollst von mir ein Geschenk bekommen, das unsere neue Gemeinsamkeit besiegelt. Also was wünschst du dir?« Er sah sie an.
»Ein Paar Hosen«, sagte Stine.

15

Stine kletterte den höchsten Mast hinauf. Ihr nach kletterte Krummsäbel.
»Gib Acht! Fällst du runter, schlägt dein Vater mir den Kopf ab!«, schrie er und lachte.
»Ich fall nicht runter! Ich hab Hosen an!«, rief Stine.
Sie kletterte noch schneller. Krummsäbel sollte staunen! Schon saß sie oben im Mastkorb. Wie ein Nest war der am Mast befestigt und die meisten Schiffsleute nannten ihn auch Krähennest. Stine schaute über den Rand vom

Krähennest zu Krummsäbel hinunter. Dem stand das Staunen im Gesicht – Stine war zufrieden!
»Was klebst du am Mast wie eine Fliege!«, rief sie. »In den Ausguck passt du nicht mit rein.«
»Aber das ist mein Platz!«, rief Krummsäbel. »Ich hab heute Wache.«
»Die Wache übernehme ich! Du kümmerst dich um deinen Hund.«
Krummsäbel sah hinunter. Am Fuß des Mastes stellte sich sein Hündchen auf die kurzen Hinterbeine. Es hechelte aufgeregt, weil es seinem Herrn nicht den Mast hinauf folgen konnte.
»Und wenn du runterfällst?«, fragte Krummsäbel Stine. »Ich soll auf dich aufpassen! Störtebeker hat's befohlen.«
»Ich fall nicht runter!«
»Und wenn Beute in Sicht ist?«
»Beute seh ich eher als du! Ich hab die besten Augen!«
Unten jaulte der kleine Hund.
»Ist ja gut, Racker! Ich komme!«, rief Krummsäbel ihm zu. Und zu Stine sagte er: »Na, es wird schon böse ausgehn!« Er lachte und rutschte den Mast hinunter.
Wieder an Deck, nahm er Racker auf den Arm und streichelte sein buntgeschecktes Fell.
»Au!«, rief Stine.
Sie bückte sich nach ihrem Fuß. Etwas hatte sie kräftig gezwackt. Sie sah sich um. Im Krähennest hockte eine Krähe! Stine streckte die Hand nach ihr aus. Die Krähe riss den Schnabel auf und hüpfte weg. Ein Flügel hing bis auf den Boden herunter.
»Kannst du nicht fliegen?«
Stine wollte die Krähe fangen. Aber die hackte nach ihr. Da fiel Stine der Brotkanten ein, der noch in ihrer Ho-

sentasche steckte. Sie zog ihn heraus und hielt ihn der Krähe vor den Schnabel. Hatte die einen Hunger! Ein paar Hiebe und der Kanten war verschlungen. Die Krähe hielt den Kopf schief und starrte Stine aus einem Auge an.
»Ich bin Stine!«, stellte Stine sich vor. »Wir werden uns schon befreunden – ich muss dir nur erst einen Namen geben.«
»Oskar! Oskar!«, krächzte die Krähe.
»Du kannst reden!«
»Oskar! Oskar!«, krächzte die Krähe wieder.
»Stine! Stine!«, rief Stine und lachte.
Sie wollte hinunter an Deck, um dem Vater von dem Vogel zu erzählen. Und als sie sich aufrichtete und auf den Rand vom Mastkorb stützte, sah sie auf dem Meer zwei große Schiffe.
»Hoiho!«, schrie sie. »Beute in Sicht! Hoiho!«
Krummsäbel lief unten über Deck und kam den Mast hoch.
»Halt's Maul!«, schrie er. »Du versetzt unsre Schiffe in Kampfbereitschaft! Das ist kein Spaß!«
Aber Stine rief nur noch lauter: »Beute in Sicht! Hohohooo! Ich habe sie zuerst entdeckt!«
»Zwei Hansekoggen! Steuerbord!«, rief jetzt auch Krummsäbel.
Alles rannte sogleich aufgeregt durcheinander.
»Teufelsmädchen!«, rief Krummsäbel und lachte. »Fette Beute, fürwahr! Schau, wie tief die Schiffe im Wasser liegen! Die haben schwer geladen. Gleich geht das Hauen und Stechen los. Komm runter!«
Und als Stine auf den Schiffsbrettern landete, drückte er ihr Racker in die Arme.
»Unter Deck beide! Gebt auf euch Acht!«
Stine gehorchte. Aber nur, um Krummsäbel loszuwerden.

Keinesfalls würde sie sich vor dem Kampf verstecken! Den Hund band sie unter Deck an einem Tischbein fest. Sie brauchte eine Waffe! Ein Pirat trat aus der vorderen Kajüte. Im Laufen rückte er den Brustharnisch zurecht. Vielleicht lagen in dieser Kajüte noch Waffen? Racker zerrte an der Leine und bellte, als sie darin verschwand und gleich darauf mit einem Degen erschien. Stine fuchtelte wild herum, wie sie es dem Krummsäbel abgeguckt hatte. Fünf Feinde stach sie nieder. Waren es auch nur Luftgespinste, machten ihr die gelungenen Streiche doch Mut. Den brauchte sie, um an Deck zu gehen. Da über ihrem Kopf war nämlich ein Furcht erregendes Poltern, Klirren, Krachen und Stampfen.
»Wir sehen uns wieder!«, sagte sie tapfer zu dem kleinen Hund und stieg die Leiter hinauf.
An Deck herrschte ein Durcheinander! Freund und Feind waren nicht zu unterscheiden. Ein Mann lehnte an der Bordwand. Sein Bein blutete. Stine kam er nicht bekannt vor. Er war keiner von Störtebekers Piraten. Ein anderer war an den Mast des Piratenschiffes gebunden und machte ein zorniges Gesicht – der war sicher ein Feind. Diese beiden waren immerhin besiegt, da blieb ihr nichts mehr zu tun. Fässer wurden über Deck gerollt, bestimmt, um sich dahinter zu verschanzen.
»Hohohoihoo!«, brüllte Stine und rannte einfach drauflos. Irgendeinen Feind würde sie schon treffen. Jemand riss ihr den Arm zur Seite, dass ihr der Degen aus der Hand fiel. Ein dicker rothaariger Mann stellte sich in den Weg.
»Verrückt geworden, Bengel?«, schimpfte er. »Willst du mich umbringen!«
»Jawohl!«, schrie Stine. »Wenn du Störtebekers Feind bist!«

»Das ist er nicht«, sagte Störtebeker und zog Stine von dem Rothaarigen weg.
»Aber wo ist der Feind?«, wollte Stine wissen.
»Es gibt nur einen, den dort, am Mast«, sagte der Rothaarige.
»Der am Mast ist der Kapitän des Schiffes. Der will nichts mit uns zu tun haben«, sagte Klaus Störtebeker. »Wir werden ihn den Fischen zuteilen oder ihn an einer verlassenen Küste aussetzen. Die Entscheidung treffen wir später, wenn wir genug gefeiert haben.«
Stine begriff noch immer nicht.
»Tochter, du bist zwar gut gerüstet, aber es hat gar keinen großen Kampf gegeben. Warum sollen die armen Kerle von den Hansekoggen ihr Leben riskieren? Für Geld und Gut der Pfeffersäcke? Was haben sie davon? Sie müssen doch nur schweren Dienst tun und kriegen dafür mehr Schläge als Brot.«
Klaus Störtebeker klopfte dem Rothaarigen auf die Schulter. »Mit uns Piraten geht's euch besser! Da fließt schon das Bier! Wie freundlich von den Hamburger Pfeffersäcken! Sie schicken extra für uns das Bier aufs Meer raus!«
Störtebeker und der Rothaarige lachten.
»Trotzdem!« Stine war immer noch in Kampfeslaune. »Ruf mich nicht Bengel! Ich bin Klaus Störtebekers Tochter!« Sie hielt dem Rothaarigen mutig den Degen unter die Nase.
»Was hast du gegen den Mann?«, fragte Störtebeker und nahm ihr den Degen weg. »Du willst doch ein Junge sein!«
Stine schwieg. Der Vater hatte Recht. Wieso passte es ihr nicht, für einen Jungen zu gelten?
Als die Männer bei den Fässern auf den Schiffsplanken

saßen und die Humpen mit dem schäumenden, stark riechenden Getränk herumgehen ließen, konnte Stine es noch immer nicht fassen. So einfach war also das Piratenleben! Sie sah die Männer an, die Freund und Feind füreinander hätten bedeuten müssen. Statt sich zu schlagen, rauchten sie gemeinsam Knaster und erzählten wilde Geschichten.

Wie schön könnte überhaupt alles sein, wenn die armen Leute untereinander zusammenhalten würden, dachte Stine. Das hatten wohl Steffen, Knut und der alte Fischer gemeint, als sie sich Störtebeker nach Hamburg wünschten. Ach, könnte Hans doch hier sein! Der arme Hans, der von Klaus Störtebeker und den Piraten geträumt hatte, und dann hatte er an dem heißen Ofen stehen müssen und niemand, niemand von den Seinen hatte ihn vor der Qual gerettet! Ob er überhaupt noch lebte?

Stine legte den Kopf in Vaters Schoß. Plötzlich war sie müde. Und traurig, so traurig, dass sie trotzdem nicht schlafen konnte. Was war das für ein dummes Gefühl? Ja, es war dumm, Heimweh zu haben, anstatt sich zu freuen. Heimweh nach dem Gut, nach Hans und der alten Berta und dem dummen Gegacker der Mägde. Heimweh nach dem großen Bett und dem Geruch von Stallstroh und nach dem Rappen vom Ritter und sogar nach dem Ritter selbst. Vor allem aber nach der Mutter, die ohne ihre Stine bei Herrn Holter diente und sicher auch Sehnsucht hatte – nach ihr! Und Albrecht! Wenn sie ihn nun niemals wiedersah? Wer weiß, wann Knut und Steffen endlich ihre Mannschaften zusammenhatten! Wer weiß, wann Klaus Störtebeker mit seinen Piraten in Hamburg einziehen konnte ... Der Vater hatte sie ja gewarnt. Gesetzlos sein, das heißt eben nicht, frei zu sein. Sicher war sie in vielen

Stücken freier als zuvor. Aber sie war nicht frei genug, um zu ihrer Mutter zurückzukehren oder zu Albrecht zu gehn. Stine schniefte.
Der Vater strich ihr über die Stirn.
Nein, sie wünschte sich nicht von ihm fort. Sie wollte bei ihm bleiben. Sie wollte ein Pirat sein – trotzdem und erst recht!

Am andern Morgen begleitete sie den Vater, um in den Schiffsbäuchen die Beute zu besichtigen.
Außer dem Hamburger Bier gab es Gewürze, Schmuck und Tuchballen.
Der Vater befahl, eine Kogge zu entladen und die Waren auf die Piratenschiffe zu verteilen. Mit der leeren Kogge konnten die Seeleute wieder nach Hamburg zurücksegeln. Sie bekamen Essen und Trinken mit und ein paar Fässer von dem guten Bier.
»Ihr sollt eine vergnügte Heimreise haben!«, sagte Krummsäbel und lachte. »Eine lustigere jedenfalls als der hier!«
Der Kapitän war verschnürt wie ein Paket und saß schon in dem Boot, das sie gleich hinunterlassen würden. Dann mochte er sehen, wohin das Meer ihn trieb. So hatten die Männer in der Nacht beschlossen. Keiner hatte Mitleid mit dem Kapitän, schon gar nicht seine Seeleute, die so oft von ihm bedroht und schlimm bestraft worden waren. Stine erlaubte sich auch nicht, Mitleid zu haben. Wenn welches in ihr aufsteigen wollte, musste sie nur an Hans denken und dann war alles Mitleid, das in ihr steckte, für Hans da, für Hans am Ofen.
»Nehmt euch mit, was ihr brauchen oder loswerden könnt«, sagte der Narbige zu den armen Schiffsleuten. »Wir wissen aus erfahrenem Mund, wie schlecht es euch

in Hamburg geht. Es ist genug für uns alle da, also ziert euch nicht.«

Viel konnten die Männer ja nicht nehmen. Sie würden in Hamburg auffallen und umgehend in die Gerichtslaube geführt werden, weil sie sich am Gut der Pfeffersäcke bereichert hatten. Aber ein schönes Schmuckstück wollten sie schon in der Hosentasche verschwinden lassen oder ein Säckchen mit so einem merkwürdig duftenden Gewürz. Auf dem Markt war dergleichen begehrt und sie wollten es gut verkaufen.

Als Stine sah, wie die armen Männer zugriffen und sich freuten, war sie stolz, nicht zu ihnen zu gehören. Früher hatte auch sie warten müssen, bis ihr jemand gab, was sie brauchte. Jetzt gehörte sie zu denen, die verteilten, zu den Piraten. Sie war stolz darauf!

»Gott sei mit euch!«, riefen die Seeleute, als sie die Segel hissten.

»Gott ist mit uns!«, antworteten die Piraten.

Ja, davon waren sie überzeugt. Einer nahm vom andern – so hatte Gott das Leben auf Erden nun mal eingerichtet. Auch das Meer hatte Gott gemacht und jeden einzelnen Seeräuber, so wie er war, mal besser, mal schlechter. Viele gefährliche Schlachten hatten sie bestanden, mit Stürmen und Unwettern und der wilden See hatten sie gekämpft, sie waren verfolgt und ihre Schlupflöcher ausgeräuchert worden – trotzdem lebten sie noch! Und besser als die meisten Menschen! Gott war auf ihrer Seite!

Stine sah in die stolzen, wilden Gesichter der Piraten. Sie steckte die Hände in die Hosentaschen, als das Schiff davonsegelte. Dorthin, wo Albrecht und die Mutter waren. Nein, sie winkte nicht. Sie wollte dieses dumme Heimweh nicht haben. Und keine Sehnsucht, die vergeblich war.

»Weißt du, wie ich jetzt heiße?«, fragte sie ihren Vater.
»Willst du nicht Störtebeker heißen wie ich?«
Das wäre Stine nicht im Traum eingefallen! Vergangene Nacht hatte sie erleben können, wie der Vater seinen Namen immer neu unter Beweis gestellt hatte.
»Zeig es uns noch einmal!«, hatten die Männer geschrien. Und der Vater war aufgestanden und hatte ihnen den riesigen, mit Bier gefüllten Becher abgenommen und ihn in einem Zug geleert. Alle hatten seinen Namen gebrüllt und ihn gelobt. Nur Stine schien es ein eher unnützes Kunststück. Ein Kunststück freilich, das sie gewiss nicht nachmachen konnte. Also konnte sie auch nicht den zu diesem Kunststück passenden Namen tragen: Stürz-den-Becher, Störtebeker.
Stine schüttelte den Kopf.
»Wie heißt du also?«, wollte der Vater wissen.
»Stine Pirat«, sagte Stine.
»Es ist ein guter Name«, sagte der Vater. »Wer ihn hört, weiß gleich, mit wem er es zu tun hat.«

16

Stine saß bei ihrem Vater an dem schweren Eichentisch. Nirgends war es so gemütlich wie hier! Draußen rauschten die Wellen und es regnete. In der Kajüte war es warm und im Kessel kochte das Wasser. Oskar hockte auf ihrer Schulter und plusterte das Gefieder. Sie sah zu, wie Störtebeker aus Butter und Mehl einen Teig knetete. Am Vorratsfässchen zapfte er etwas Trinkwas-

ser dazu und gab zum Schluss einen Schwapp Rum hinein.
»Um die Sache abzurunden«, sagte er.
Stine kannte diesen Satz schon von ihm. Sie wunderte sich nicht mehr, dass ein Pirat kochen und backen konnte wie eine Frau. Im Gegenteil fand sie es nur gerecht, dass es nun der Vater war, der für sie sorgen musste, wo es all die Jahre zuvor die Mutter getan.
Klaus Störtebeker formte zwei Kugeln aus dem Teig. Er steckte jede in einen Leinenbeutel. Dann versenkte er sie in dem Kessel mit kochendem Wasser.
»Hätte ich eine Frau, würde ich diese Arbeit nicht tun. Aber ich hatte nie eine. Also hab ich es gelernt. Es macht mir sogar Spaß!«, sagte er.
Stine sagte nichts. Sie hatte versucht, den Vater über sein früheres Leben auszufragen, sein Leben mit der Mutter. Aber was er ihr darauf gesagt hatte, passte zu nichts. Beinahe, als würde er Mutter gar nicht kennen. Und dann strich er sich mit der Hand über die Stirn und wurde so still und bedrückt, dass es ihr Leid tat, wieder mit dem Fragen angefangen zu haben. Was ging sie das Früher und Zuvor noch an? Nein, sie drehte sich nicht mehr um nach der Vergangenheit. Sie schaute nach vorn!
Jeden Tag geschah Abenteuerliches. Stine konnte Segel raffen und hissen, fechten und mit der Armbrust schießen. Sie kannte sich mit dem Wetter auf See aus und in den Himmelsrichtungen. Und seekrank wurde sie nie mehr.
Gerade steuerte sie mit Störtebeker und seinen Piraten Ostfriesland an, wo die Seeräuber in der Stadt Marienhafe das Winterquartier nehmen wollten. Dort hatte es ihnen schon vergangenen Winter gut gefallen.

Der Vater pfiff durch die Zähne.
»Heiß!«, rief er aus und fischte die Leinenbeutel aus dem Wasser. »Was guckst du mich so an mit deinen großen Augen! Jawohl, auch ein Klaus Störtebeker fühlt Schmerz!«
Er ließ auf jeden Teller einen runden Kuchen aus den Leinenbeuteln rutschen und setzte sich. Oskar flatterte von Stines Schulter. Seinem Flügel ging es viel besser.
»Du wartest, bis ich dir was gebe!«, sagte Stine.
Sie streckte ihre Beine in den Hosen lang aus unterm Tisch – genau wie der Vater. Oskar legte den Kopf auf die Seite. Er gab Acht, wie groß das Stück wurde, das Stine ihm vom Kuchen abtrennte. Stine legte ihm seinen Teil vor den Schnabel.
»Nun denn – es soll uns schmecken!«, sagte Klaus Störtebeker.
Und es schmeckte ihnen!

Die letzten Tage auf See waren nicht mehr so angenehm. Im Gegenteil. Sturm peitschte das Meer und ließ das Schiff auf den Wellen schaukeln, als sei es ein Kinderspielzeug. Das war auch der Grund, warum alle Feuer an Deck und unter Deck gelöscht werden mussten. Leicht hätte sonst an Bord ein Brand entstehen können. Die Piraten froren. Kleidung, Decken, alles war klamm. Keiner hatte Lust, auf Ausguck zu gehen. Krummsäbel gab sich einen Ruck. Die Sehnsucht, endlich an Land zu können, trieb ihn raus. Und an seinen Lachsalven und wilden Sprüngen und an Rackers Gekläff, das so genau jede Stimmung seines Herrn widerspiegelte, erkannten die Piraten, dass die schwere Zeit an Bord bald ein Ende haben würde.

Marienhafe war keine Küstenstadt. Die Piraten mussten ihre Schiffe, die selbst groß wie Häuser waren, durch einen Kanal steuern, um Marienhafe zu erreichen. Sie segelten sonst nie durch so einen schmalen Kanal. Leicht konnten sie gegen die Holzplanken stoßen, die das Ufer befestigten. Klaus Störtbeker selbst stand am Steuer seines Schiffes und Stine neben ihm. Das Hauptsegel hatten sie gerafft, sodass der Seewind sie allmählich durch den Kanal trieb. Links und rechts zogen Wälder und Weiden vorbei. Ostfriesen standen am Ufer und winkten ihnen zu.

»Verstehen sie unsere Sprache?«, fragte Stine.

»Ihre Sprache ist der unsern ähnlich«, sagte der Vater. »Das hat es uns leicht gemacht, hier ein Winterzuhause zu finden. Außerdem versuchen sie sich in der Seeräuberei. Zwar sind sie brave Bauern und Fischer und fahren nicht wie wir hinaus aufs offene Meer, um Hansekoggen zu kapern. Aber wehe, ein Hanseschiff gerät vor ihrer Küste auf die Sandbank! Das kann keine Hilfe erwarten. Es wird von den Ostfriesen ausgeraubt, die Pfeffersäcke mögen noch so zetern!«

Die Ostfriesen waren ähnlich gekleidet wie die Helgoländer, doch schienen ihre Felle besser gegerbt, zugeschnitten und genäht zu sein. Das Haar trugen sie lang und offen wie die Leute auf Helgoland.

»Vater! Wir kommen zu spät!«, rief Stine, als das Schiff in den Hafen einlief. »Die Stadt ist schon von anderen Piraten besetzt!«

»Das sind nicht andere Piraten«, sagte der Vater. »Es sind unsrige! Sie haben in der Straße von Calais gekapert. Hier sind sie wieder zu uns gestoßen. Meine Freunde Gödeke Michels und der Magister Wigbold! Hauptmänner wie ich, aus freien Stücken von ihren Piraten dazu gewählt. Du wirst sie kennen lernen. Wir werden oft zusammen am Kamin sitzen und uns berichten und künftige Kaperzüge beraten. Gib besonders auf die Reden des Magisters Acht! Er hat in Prag studiert und uralte, geheimnisvolle Schriften von irischen Mönchen gelesen. Er ist ein erfahrener Astrologe und kann dein und mein Geschick aus den Sternen lesen. Und er hat Rezepte von wunderbarer Kraft. Von ihm kannst du viel mehr lernen als von mir.«

»Einen Klügeren als dich gibt es nicht«, sagte Stine.

Das glaubte sie wirklich. Warum sonst kannte jeder den Klaus Störtebeker, vom Magister Wigbold aber hatte sie nie zuvor gehört.

»Er kann lesen und schreiben, ich nicht«, sagte der Vater. »Und du solltest das auch lernen.«

Wozu?, dachte Stine. Aber sie widersprach dem Vater nicht. Das tat sie beinahe nie und wunderte sich über sich selbst. Der Mutter gegenüber war sie so oft im Widerspruch gewesen. Eigentlich immer!

Als sie an Land gingen, umdrängten sie Ostfriesen und Piraten. Der Vater umarmte zwei Männer zugleich. Das waren wohl die Hauptleute, von denen er ihr gerade erzählt hatte. Ja, er nannte sie beim Namen.

Der kleinere mit den breiten Schultern und dem fast kahlen Schädel, das war Gödeke Michels.

Der lange, dünne, dessen eine Schulter tiefer als die andere hing, war der Magister Wigbold. Stine würde prüfen, ob er wirklich so klug war. Klüger als der Vater sah er jedenfalls nicht aus.

»Ist euch etwa kalt?«, fragte Gödeke Michels den Vater. »He, ist wem kalt?!«, schrie er in die Menge. »Wir haben schon angeheizt für euch! Los, zum Markt!«

Gerade da fiel der erste Schnee. Eine Sturmböe wirbelte die Flocken auf. Piraten wie Ostfriesen duckten sich und eilten vorgebeugt zum Markt. Schon von weitem flackerten ihnen mehrere Feuer entgegen. Der kalte Wind verlor sich in den Gassen und wurde von den Häusern mit den tief hinuntergezogenen, grasgedeckten Spitzdächern aufgehalten. Gödeke Michels' Leute schleppten Enten und Kaninchen, Spieße und Kessel herbei. Die Bewohner von Marienhafe sahen zu, wie das Fleisch gebrutzelt und der Punsch gebraut wurde. Sie liefen in ihre Häuser und holten Krüge und Becher heraus. Als der Bratenduft köstlich aufstieg und ihnen Punsch eingegossen wurde, riefen sie: »Auf zu liken Deelen!«

»Auf zu liken Deelen!«, brüllten die Piraten zur Antwort. In Wahrheit hielten die Ostfriesen vom Gleichteilen nicht viel.

Die leckeren Entenkeulen und Kaninchenrücken, das gute Graubrot, der knusprig gebratene Fisch – all das hatten die Piraten heute Morgen erst von ihnen erworben.

Die Ostfriesen hatten ihnen dafür reichlich von dem Knaster und dem hamburgischen Bier abgenommen und mancher hatte sich mit einem schönen Stück Schmuck für seine Liebste bezahlen lassen. Ja, die Ostfriesen waren stolz, rechte Schlitzohren beim Handeln und Feilschen zu sein! Und das Beste an ihrem Gaunerstück war doch, dass sie jetzt ordentlich zulangten und selbst verspeisten, was sie zuvor zu teuer verkauft.

Es gefiel ihnen, dass sie schlau und diese Gleichteiler derart dumm waren. Denn woran soll man seine eigene Schlauheit erkennen, wenn nicht an der Dummheit der anderen?

So gesehen waren ihre gute Laune und die Hochrufe auf die Piraten durchaus ehrlich.

»Auf zu liken Deelen! Auf zu liken Deelen!«
Die Piraten freuten sich. Sie wollten nicht nur gefürchtet, sondern wie andere Menschen auch gern gesehn sein.
Stine hatte den Vater einige Male gefragt, warum sie nicht die Winter auf Helgoland zubringen konnten wie die Helgoländer selbst.
»Du wirst es schon selbst merken«, hatte er ihr geantwortet.
Hier auf dem Markt verstand sie es. Um wie vieles leichter würden ihnen in Marienhafe die dunklen, kalten Tage von November bis März werden!

17

Die Piraten zogen in die Häuser der Friesen.
Sie saßen am Kamin und schnitzten Spielzeuge und Flöten. Wenn die Kinder hereinkamen, versteckten sie ihre Schnitzwerke. Es sollten ja Überraschungen werden fürs Weihnachtsfest! Die Kinder fielen über die Piraten her und zogen sie an den Haaren, bis sie Pferd spielten und jeder mit einem oder gar zwei Kindern auf dem Rücken durchs Haus galoppierte.
Mochten die Friesen sie beim Markthalten übers Ohr hauen! So dumm waren sie nicht, dass sie nicht gemerkt hätten, wie diese Spitzbuben sie über den Tisch zogen! Aber es machte ihnen nichts aus. Warum sich mit den Leutchen streiten? In ihrem früheren Leben, bevor sie Piraten geworden, waren sie selbst arm dran gewesen und hatten schwer für das Notwendige schuften müssen. Jetzt

besaßen sie zehn oder fünfzehn oder noch mehr Koggen, gefüllt mit dem Besten, was die Pfeffersäcke aus ihren Speichern geholt und auf die Schiffe verladen hatten. Was sollten sie mit so viel Zeug? Sollten sie etwa in Bier baden? Sich mit Gewürzen pudern? Oder sich mit feinem Stoff und glänzendem Schmuck behängen wie eine aufgetakelte Königin?

Von Seeräuberschätzen wurde viel gemunkelt. Dieser und jener hatte auch wirklich eine Schatztruhe versteckt. Aber ob er je zu dem geheimen Ort zurückkehrte? Ein Pirat war heute hier und morgen dort und konnte nie mit Gewissheit »Auf Wiedersehen« sagen. Vielleicht hatte ihn morgen schon die See verschluckt oder er baumelte am Galgen. Nein, das Speichern und Anhäufen von Kostbarkeiten, das war nicht Seeräuberart! Das überließen sie den Kaufleuten und bedienten sich lieber immer wieder neu auf deren Handelsschiffen. Und sie gaben ab, solange sie etwas hatten.

Sollten die Ostfriesen glauben, sie hätten ein großartiges Geschäft gemacht! Sie gaben den Piraten für ihre Schätze ja doch etwas viel Kostbareres zurück. Etwas, das kein Pirat auf See jemals erbeuten konnte: das Leben in einer Familie!

Ihr Hauptmann, der Klaus Störtebeker, hatte wenigstens seine Tochter dabei. Aber ein richtiges Kind, wie sie es sich vorgestellt hatten, war Stine nicht. Sie war weder das unvernünftige Ding, vor dem es ihnen gegraut, noch das niedliche Geschöpf, mit dem sie ihre Späße machen konnten. Stine hatte ihren eigenen Kopf, und dazu einen klugen! Sie hatte sich schnell ins Piratenleben gefunden und wollte überall dabei sein. Als ob sie sich vor nichts auf der Welt fürchtete! Was für ein seltsames Mädchen das war –

eben die Tochter von Klaus Störtebeker! Eine Mutter dagegen konnten sie sich nicht zu dem Mädchen vorstellen. Stine hatte gehört, wie einige Männer miteinander tuschelten, dass ein schwarzer Wolf sie großgezogen hätte. Sollten sie es glauben! Klaus Störtebeker, der schwarze Wolf und sie, das passte zusammen! Das war ein Dreigestirn zum Staunen!

Jetzt, zur Weihnachtszeit, hätte sie schon gern mit den Friesenkindern gespielt. Aber sie sah ein, dass sie mit dem Vater, Gödeke Michels und dem Magister Wigbold nicht zu den Familien in der Stadt, sondern auf die Burg des Friesenhäuptlings Keno tom Brok gehörte. Sie war eben nicht einfach ein Kind, sondern die Hauptmannstochter!

Die Burg vom Friesenkönig Keno tom Brok hatte hohe Steinmauern und Wälle und war von einem tiefen Wassergraben umgeben. Wollte Stine hinaus oder hinein, mussten die Wächter eine schwere eisenbeschlagene Tür für sie öffnen und eine Fallbrücke herunterlassen.

Auch Keno tom Brok hatte Stine zuerst für einen Jungen gehalten und nicht schlecht gestaunt, als er ihren Namen hörte. Wenn er sie jetzt ansprach und »Stine Pirat!« rief, schwang Bewunderung in seiner Stimme mit.

Der Vater berichtete ihm, wie nicht er seine Tochter, sondern die Tochter ihn gefunden hatte. Und was sie in den vergangenen Wochen zusammen für Abenteuer bestanden hatten.

Stine konnte den Friesenhäuptling gut leiden. Er war beinahe so groß und kräftig wie ihr Vater und der wildlederne Anzug stand ihm prächtig. Seine langen Haare und die buschigen Augenbrauen waren ergraut. Die Augen aber leuchteten himmelblau wie die von einem Kind.

Oft bat Keno tom Brok Stine, ihm von ihren Heldentaten zu erzählen. Das tat sie gern, denn vor seinen Ohren durfte sie alles, was sie erlebt hatte, noch viel gefährlicher und staunenswerter ausmalen. Keno tom Brok machte es nichts aus, wenn sie ordentlich aufschnitt! Er mochte spannende Geschichten gern!
Gödeke Michels war ein stiller Mann. Es konnte sein, sie bemerkte ihn gar nicht, wenn er im Raum war. Dabei suchte er Stines Nähe. Sie dagegen fühlte sich unwohl in seiner Gegenwart. Etwas Schweres, Trauriges ging von ihm aus, wenn er in einer dunklen Ecke saß und selbst ein noch dunklerer Schatten war. Gödeke Michels gehörte zu den unseligen Männern, die an Land eine Familie zurückgelassen hatten. Das erzählte ihr der Vater. Nun mochte sie Gödeke Michels erst recht nicht! Sie hatte auch Mutter und Albrecht verlassen. Darum wollte sie noch lange nicht traurig und herzkrank sein! Gödeke Michels aber blieb ihr immer auf den Fersen wie das schlechte Gewissen selbst. Nein, sie verstand nicht, wie der Vater einen solch trübsinnigen Mann zum Freund haben mochte!
Den Magister Wigbold dagegen bekam sie nur selten zu Gesicht. Deswegen war es unmöglich zu prüfen, wie klug er war. Und etwas von ihm lernen, wie der Vater ihr geraten, konnte sie schon gar nicht.

Am Weihnachtstag lud Keno tom Brok die Hauptmänner der Likedeeler und natürlich Stine in sein Zimmer ein. Das Feuer knisterte im Kamin und auf der langen Tafel standen Kerzenleuchter. Sie setzten sich. Die Sessel waren mit weichen Tierfellen gepolstert. Der Friesenhäuptling selbst goss ihnen Kornbrand ein. Die Friesenfrauen tischten Entenbraten, geröstete Kastanien und ihr kräftiges Brot auf. Alle langten zu. Sie aßen aus der Hand und schmatzten und rülpsten, dass es dem Gastgeber eine Freude war, denn so wusste er, es schmeckte ihnen. Als sie sich satt gegessen hatten, wurde der Punsch ausgeteilt.

»Nun bitte ich Magister Wigbold, den Meister der sieben Künste, uns die Weihnachtspredigt zu halten!«, sagte Keno tom Brok.

Klaus Störtebeker grinste. »Das geschieht dir recht! Wir sehen und hören ja nichts von deinen sieben Künsten, aber dem Gastherrn darfst du nichts ablehnen. Leg schon los!«, sagte er.

Der Magister erhob sich und für einen Augenblick dachten alle, er würde sich von ihnen abwenden und fortgehn.

»Er ist ein Seefahrer und kein Prediger«, sagte Gödeke Michels da rasch. »Also seid barmherzig und erlasst ihm das.«

Der Magister blieb stehn.

Das soll ein Seefahrer sein?, dachte Stine. Dieser lange dürre Kerl mit dem schiefen Rücken konnte doch keiner Gefahr trotzen! Warum bloß hatten ihn die Piraten zu ihrem dritten Hauptmann gewählt?

»Was über dem köstlichen Essen und Trinken nicht vergessen sein soll«, sagte der Magister mit rauer Stimme und nickte Keno tom Brok einen Dank zu, »was wir nicht vergessen wollen ... heute ist uns der Heiland geboren, der Retter der Welt.«

»Hört, hört!«, rief Keno tom Brok seinen Friesen zu. »Der Magister redet wie der Papst persönlich!« Er lachte.

»Der Papst mag reden, wie er muss«, sagte Magister Wigbold. »Das geht mich nichts an.«

»Hört, hört!«, rief Keno tom Brok wieder. »Wie schnell sich unser Magister vom Papst in einen Ketzer verwandelt!«
»Dazu gehört nichts. Denn der schlimmste Ketzer ist der Papst selbst.«
Plötzlich waren alle still. Nur Keno tom Brok räusperte sich und stocherte mit dem Eisenhaken im Kaminfeuer herum.
»Habt Ihr genug gehört, Keno tom Brok?«, fragte der Magister. Es klang wie eine Herausforderung.
Keno tom Brok warf den Eisenhaken hinter sich, dass er über die Steine des Fußbodens klirrte.
»Ich fürchte den Papst nicht!«, rief er. »Also predigt nur, wie Euch das Maul gewachsen ist!«
Der Magister stellte sich an den Kamin. Er breitete die Arme aus. Seine Tunika öffnete sich wie die Schwingen eines mächtigen dunkelblauen Vogels.
»Unser Herr Jesus Christ war selbst von niederem Stand und Rang und ein armer Mann. Gott ließ ihn in einem Stall zur Welt kommen und nicht als Sohn des Kaisers noch des Papstes, sondern als der von einem Zimmermann. Jesus verachtet die Paläste. Er verachtet die prunkenden Kirchen. Er verachtet die Gesetze der reichen Herren! Er verachtet sogar das Leben der braven Leute. Denn brav war er nicht, unser Herr Jesus Christ. Er hat das brave Leben verlassen und ist über die Landstraßen gewandert, ein Gesetzloser wie wir. Wer mir nachfolgen will, der muss Vater und Mutter verlassen, Weib und Kind, Haus und Hof, das hat er gesagt.«
Still war es im Saal geworden. Nur das Knacken vom Kaminholz war zu hören. Und das Feuer im Kamin beleuchtete den Magister, dass er aussah, wie sie sich einen Weisen aus dem Morgenland vorstellten.

»Soll ich, der ich Weib und Kinder verlassen, in der Nachfolge von unserm höchsten Herrn stehn?«, fragte Gödeke Michels den Magister in die Stille hinein.
»Ja, ja!«, rief Stine da.
Endlich war sie von diesem fremden schlechten Gewissen erlöst. Sie hatte es immer gefühlt, dass es richtig gewesen war, den eigenen Weg zu gehn! So schwer das Abschiednehmen von Mutter und Albrecht auch gewesen war. Sie schaute zu Gödeke Michels hinüber. Ob er endlich fühlte wie sie?
Der Magister hatte seine dunkelblauen Flügel wieder zusammengelegt und seine Hände vor der Brust gefaltet.
»Gleich unserem Heiland missachten wir Likedeeler die Welt, wie sie eingerichtet ist«, sagte er. »Auf unseren Schiffen, da wollen wir eine neue Welt errichten, eine Welt, wie Gott sie sich gedacht hat. Da hat ein jeder sein Recht und soll kriegen, was er braucht. Die Jungen wie die Alten, die Starken wie die Schwachen. Gottes Freund sind wir und aller Welt Feind!«
»Willst du damit sagen, werter Magister, dass ihr Hauptleute nichts Besseres seid als das einfache Schiffsvolk?«, fragte Keno tom Brok und seine Stimme klang scharf. »Hätte ich sie alle hierher zu mir auf die Burg einladen müssen?«
»Wir sind nichts Besseres als sie«, antwortete Klaus Störtebeker anstelle des Magisters. »Wir haben nur andere Pflichten. Das Schiffsvolk hat uns gewählt, ebenso gut kann es uns wieder abwählen.«
»Oho!«, rief Keno da und stand auf und stellte sich vor den Magister. »Wollt Ihr sagen, ich müsste mich selbst den Friesen zur Wahl stellen? Und wollen sie mich nicht, darf ich nicht mehr ihr Häuptling sein?«

Und er fuhr mit dem Arm durch die Luft, als wollte er auf der Stelle alle köpfen, die ihm seinen Häuptlingssitz streitig machten. Seine Augen aber waren nicht mehr vom Blau eines Kindes, sondern gefährlich wie blitzendes Metall.
»Guter Freund«, sagte Störtebeker. Er ging zu ihm hin und legte ihm beschwichtigend den Arm um die Schulter. »Fürchte nichts. Woran wir glauben, das wird nur auf unseren Schiffen auch in die Tat umgesetzt, auf hoher See, weit weg von deinem Reich!«
Damit hielt Störtebeker ihm die Hand hin. Keno tom Brok nahm sie.
»Und jetzt schenk uns von deinem guten Punsch nach«, sagte Störtebeker.
»Die erste Kelle ist für dich, Magister!«, sagte Keno tom Brok.
Er schöpfte das duftende Gebräu aus dem Kupferkessel. Der Magister hielt ihm seinen Becher hin. Keno tom Brok goss Punsch hinein, bis der Becher randvoll war, bis er überlief. Der heiße Punsch floss über die Hand des Magisters, die den Becher hielt. Aber er zuckte nicht zurück, noch verzog er das Gesicht oder gab einen Laut von sich. Als nichts mehr in der Kelle war, sah Keno tom Brok dem Magister ins Gesicht.
»Ihr seid ein tapferer Mann, Wigbold«, sagte er. »Ich denke über Eure Worte nach.«

Der Morgen graute, als das Fest endlich zu Ende war. Stine konnte kaum noch die Augen aufhalten. Aber das musste sie, denn wer sonst sollte auf den Vater achten.
Der hatte wieder sein Stürz-den-Becher-Kunststück vorgeführt, und das nicht nur einmal! Das starke Bier, das die

Piraten den Hamburgern abgenommen und Keno tom Brok fässerweise zum Fest geschenkt hatten, vertrug sich nicht mit Kornbrand und Punsch. Da lag er, ihr Vater, der für seine Trinkfestigkeit weltberühmt war!

»Komm zu Bett«, sagte Stine und zog und zerrte an ihm. »Meinetwegen kannst du dir auf dem kalten Steinboden den Husten holen! Aber ich will nicht, dass die Friesenfrauen, wenn sie sauber machen und aufräumen kommen, dich finden – besoffen wie ein ...«

»Schweine saufen nicht«, lallte der Vater.

Stine war viel zu wütend, um zu lachen.

»Ich hab mehr Schweine in meinem Leben gesehn als du«, sagte sie. »Los jetzt!«

Sie half dem Vater auf und aus dem Saal hinaus, über den Gang in ihr Zimmer. Dort ließ sie den Vater auf die Bettstatt fallen und warf sich neben ihn. Gerade wollte sie die Augen schließen, da knarrte die Tür. Stine setzte sich auf. Gödeke Michels schaute herein.

»In Ordnung?«, fragte er.

Stine nickte. »Und bei dir?«

»Ich trink nicht so viel wie er«, antwortete Gödeke.

»Das mein ich nicht«, sagte Stine. »Ich will, dass du dir nicht immer Vorwürfe machst, bloß weil du von zu Hause weggegangen bist.«

Gödeke Michels trat ans Bett, zog Stine zu sich heran und drückte sie an sich. Was hatte er doch für eine warme Brust!

»Ich möchte dir gern den Gefallen tun.« Er ließ sie los und strich ihr das Haar glatt.

»Du könntest eins von meinen Kindern sein. Wer weiß, ob sie noch am Leben sind. Und meine liebste Frau ... Nein, ich finde meinen Frieden nicht!«, sagte er.

»Du bist nun mal Pirat geworden!«, sagte Stine.

»So ist es«, sagte Gödeke Michels. Er küsste sie auf die Stirn und ging hinaus.
Der Vater auf dem Bett schnarchte. Stine schmiegte sich an ihn.
Was für ein schrecklicher Mensch dieser Gödeke Michels ist, dachte sie. Trotzdem habe ich ihn lieb gewonnen. Ach, es ist alles schlimm. Und auch irgendwie egal. Wichtig ist doch nur, dass ich endlich schlafen kann.

18

Auch in dieser Nacht konnte Albrecht nicht schlafen. Er hatte von dem Dominikanermönch, der die Aufsicht über die Klosterschüler trug, die Erlaubnis erhalten, das Licht in seiner Zelle brennen zu lassen. Wie beinahe jede Nacht saß er am Schreibpult und schrieb. Ja, Albrecht hatte das Lesen und Schreiben gelernt, wie sein Vater es gewünscht hatte, und tat sich darin unter den anderen Klosterschülern hervor.
Jetzt hatte er die Heilige Schrift aufgeschlagen und übertrug die Worte des Herrn mit kunstvollen Buchstaben auf feines Pergament.
»Die Rechtschaffenen sind es, die auf der Erde weilen werden, und die Untadeligen sind es, die darauf übrig bleiben werden. Was die Bösen betrifft, von der Erde werden sie weggetilgt; und die Treulosen, sie werden davon weggerissen.«
Er vollendete den Spruch. Weil noch Platz auf der Zeile war und ihn die leere Stelle störte, setzte er einen Schnör-

kel dahin. Der Schörkel gelang. Albrecht ordnete das Schreibwerkzeug an seinen Platz. Ihm blieb nichts mehr zu tun. Nun musste er sich doch zum Schlaf legen. Aber es war wie immer: Sobald er sich hinlegte und nichts mehr tat, als auf den Schlaf zu warten, quälte ihn die Sehnsucht nach Stine und der Mutter. Er konnte die beiden einfach nicht vergessen. Und er wollte sie auch gar nicht vergessen. Dann hätte er ja seinen eigenen Willen aufgegeben und sich dem Willen seines Vaters gebeugt. Dann wäre er ja untreu gewesen und nicht würdig, auf Erden zu leben. Das hatte er ja gerade aufgeschrieben: »Die Treulosen werden davon weggerissen.«

Den Vater und die Gräfin hatte er nicht wiedergesehn, seit er in die Kutsche geschoben und vom Rittergut fort nach Hamburg geschickt worden war. Ein Verwandter des Vaters hatte ihn in die Klosterschule gebracht und ihm mitgeteilt, dass er dort bleiben sollte, bis er zur Vernunft gekommen und ein Mann geworden wäre.

Hier im Kloster wohnten nur Männer zusammen. Als ob es auf Erden keine Frauen gäbe; das konnte Albrecht manchmal fast glauben, wenn er wochenlang nicht aus den Klostermauern herauskam. Die Männer taten auch alle Frauenarbeit, wie Wäsche waschen, kochen, das Säubern der Zellen, das Putzen von Geschirr. Der Haushalt wurde sparsam geführt, ohne unnötige Aufwendungen. Es gab keinen Blumenschmuck, keine mit Schnitzerei verzierten Stühle, keine Malereien an den Wänden. Man ging alle Tage im gleichen Gewand. Albrecht hatte seine roten Hosen hergeben und wieder ein Kleid überziehen müssen. Die vielen kleinen und großen Teller, Becher, Töpfe und Krüge mit ihren verschiedenen Aufgaben, die er aus der Gutsküche kannte, brauchte es nicht, denn es

wurden doch nur einfache Mahlzeiten bereitet. Dies alles war so geregelt, damit nicht unnütze Zeit für die Befriedigung der äußerlichen Bedürfnisse aufgewendet werden musste, sondern der Tag dem Geist und dem Gebet gehörte. Und dem Dienst an den Armen.
Gott will, dass die Starken den Schwachen helfen. Auch das hatte Albrecht in der Klosterschule gelernt. Mit den Mönchen ging er zu den Armen. Sie brachten ihnen Suppe und Brot und sahen nach ihren Wunden. Albrecht konnte sich nicht erinnern, dass es auf dem Gut des Vaters so elende Menschen gegeben hätte. Mochten die Leute des Ritters hörig oder leibeigen sein, jedenfalls war für sie gesorgt. Diese in den schmutzigen, verlausten Unterkünften gehörten niemandem als sich selbst. Konnten sie sich nicht um sich kümmern, tat es kein anderer für sie. Außer den Dominikanern.
Albrecht half ihnen. Er floh nicht vor dem Gestank, der von einer eiternden Wunde ausging. Er konnte seinen Ekel unterdrücken und die Wunde versorgen und dem Kranken die Suppe einflößen.
Er beherrschte sich und konnte sich zu dem Notwendigen zwingen. Ob es darum ging, Stunde um Stunde auf dem harten Steinfußboden in Gedanken an Gott zu knien oder weiter an einem Schriftstück zu arbeiten, auch wenn der Rücken schmerzte, die Augen brannten und die Finger steif waren. Er hielt Hunger, Durst und Kälte aus und brauchte kaum noch Schlaf. Er schaffte es, wochenlang kein Wort zu einem Menschen zu sagen, wenn ein Schweigegelübde zur Ehre Gottes es von ihm verlangte.
Jetzt bin ich also ein Mann, dachte Albrecht. Aber er wusste nicht, wie es mit ihm weitergehen sollte.
Er wartete, dass jemand zu ihm käme. Jener Verwandte

zum Beispiel, der ihn ins Kloster gebracht – müsste er nicht bald erscheinen, um Albrecht zu prüfen? Oder gar der Vater selbst? Sie sollten sehen, dass Albrecht zur Vernunft gekommen war! Ja ... und? Wollte er etwa aufs Rittergut zurück? Wollte er nun endlich den Wunsch des Vaters erfüllen und ihm zur Seite stehen und eines Tages sein Erbe antreten? Wollte er ein Mädchen, das ihm längst vorbestimmt und das er nicht kannte und erst recht nicht liebte, heiraten? Wollte er einen Sohn haben und diesen wiederum zum Ritter und Gutsherrn und Erben erziehen? Wollte er zur Fuchsjagd, wollte er Feste geben? Wollte er auf die Wirtschaft achten, die Übungen der Waffenknechte beurteilen, dem Lehnsherrn zu Diensten stehen?

Nein, das alles lockte ihn immer noch nicht. Dann konnte er ebenso im Kloster bleiben.

Eines Nachmittags wurde tatsächlich die Tür zu seiner Zelle geöffnet. Ein Mönch trat ein und der Verwandte – ein älterer, grauhaariger, lebhafter Herr. Albrecht erhob sich von den Knien, denn die verordnete Gebetsstunde war eben erst vorbei. Er sah den beiden Männern entgegen und wusste, dass er nun geprüft werden würde.

Der Verwandte wirkte unfreundlich. Er betrachtete Albrecht, befragte ihn nach seinem Tagesablauf und nach den letzten Wochen. Albrecht antwortete deutlich und knapp, auch auf die Fragen des Mönches, die um die Inhalte seines Studiums und seiner Arbeiten gingen. Die Miene des Verwandten hellte sich nicht auf. Er schien außerdem keine Zeit zu haben und unterbrach den Mönch. Eine merkwürdige Unruhe und Spannung ging von dem Verwandten aus, wie Albrecht das von keinem im Kloster kannte.

»Wirst du mir gehorsam sein, wenn ich dich mitnehme? In allen meinen Anordnungen und in den Absichten, die dein Vater und ich mit dir haben?«, fragte der Verwandte streng.
»Ich bin Euch gehorsam«, sagte Albrecht. »In allen Dingen, solange es nicht meine Rechtschaffenheit, Untadeligkeit und Treue verletzt.«
»Hört, hört!«, rief der Verwandte.
Er wirkte verärgert, konnte aber nichts gegen Albrechts Rede sagen. Zumal der Mönch damit sehr zufrieden war.

19

Albrecht wusste nicht, wo zuerst hinsehen, hinhören, ja und was zuerst riechen! Gerade eilte der Verwandte mit ihm durch die Große Bäckerstraße. Die verschiedenen Brote, Kuchen und Wecken verströmten einen köstlichen, warmen Duft in die winterliche Kälte. Gern wäre Albrecht stehen geblieben. Leider war das Backwerk für den Verwandten keine Verführung. Er drängte sich zwischen den Leuten hindurch, und Albrecht hatte Mühe, ihn nicht aus den Augen zu verlieren.
Wie viele Menschen es in Hamburg gab! So viele hatte Albrecht sich nicht einmal für die ganze Welt vorgestellt! Auf dem Gut kannte Albrecht jeden Mann, jede Frau, jedes Kind. Die Arbeiten waren verteilt und gab es Streit, sprach der Vater Recht.
Auch im Kloster hatte es eine überschaubare Ordnung gegeben, in die sich Albrecht schnell hineingefunden, und

Namen und Aufgabenfelder der Mönche konnte er sich ohne weiteres merken.
Aber wie verständigten sich die unzähligen Menschen in dieser großen Stadt? Wie kamen sie miteinander aus?
»So, da ist endlich das Rathaus!«, sagte sein Verwandter. »Hinein mit uns!«
»Was wollen wir hier? Und was wollen die vielen anderen Menschen?«, fragte Albrecht.
»Herrje!«, rief der Verwandte unwillig aus. »Genauso habe ich mir das gedacht! Als ob ich nicht genug um die Ohren hätte! Nun soll ich dazu dich in die Welt einführen und muss erfahren, dass du nicht einmal weißt, wie es im Rathaus zugeht.«
Er wies schnell hier-, dann dahin und erklärte, dass Waren geliefert, ihre Qualität geprüft und der Preis verhandelt wurde. Er unterschied Käufer und Verkäufer und zeigte Albrecht die große Waage.
»Das ist ein Schreiber«, sagte er und hielt einen eiligen Mann mit heißen roten Wangen an.
»Sei so gut und zeig dem da die Wachstafel«, sagte der Verwandte.
Der Schreiber tat es.
»Das sind Rechnungen«, erklärte der Verwandte und wies auf Zahlen- und Buchstabenkombinationen. »Das hier ist der Vertrag, da die Steuern, da die Abgaben.«
Er entließ den Schreiber mit einem Schulterklopfen.
»Hast du verstanden?«, fragte er Albrecht.
Das hatte Albrecht nicht. Trotzdem nickte er schnell, um seinem neuen Lehrer nicht die Lust am Erklären zu nehmen. Der wirkte tatsächlich gutwilliger.
»Hier treffen sich die Stadtherren und regeln die Belange

unserer Stadt«, sagte er. »Ich bin vor vielen Jahren nach Hamburg gezogen, um sie bei ihrer Arbeit zu beraten und zu unterstützen.«

»So seid Ihr ein Stadtherr?«, fragte Albrecht nach.

»Ich bin ein Ministerial«, sagte der Verwandte. »Ich stehe den Stadtherren zur Seite, versteh doch!«

Das wollte Albrecht schon, aber es war zu schwierig.

»Ohne uns gäbe es keine einheitlichen Maße und Gewichte, also keine Ordnung im Handel. Ohne uns gäbe es keine Steuern und Abgaben, was manchen Dummen zwar freuen möchte, jedoch eine Freude ohne lange Dauer ist. Denn die Steuern und Abgaben braucht es, um Hafenanlagen zu bauen, die Stadtmauer auszubessern, die Stadtwehr aufzustellen und Hamburg vor seinen Feinden zu schützen. Ohne uns gäbe es kein aufgeschriebenes und von allen zu achtendes Gesetz, kein Gericht, also kein Recht. Und jetzt vorwärts, die Treppe hinan zum Hansesaal, ohne Verzug!«

Der Verwandte rückte die samtene Mütze auf seinem grauen Haar zurecht, strich sich den dünnen, spitzen Bart in Form und hatte es wieder sehr eilig.

»Ist noch immer keine Entscheidung getroffen?«, rief der Herr Ministerial aus, als sie vor dem Hansesaal angekommen waren. Und zu Albrecht sagte er leise: »Zeige gutes Benehmen, denn hier sind die bedeutendsten Vertreter der Hamburger Zünfte versammelt!«

Er trat zu einem Mann hin, der nicht bedeutend, sondern einfach fett aussah. Fett und reich gekleidet entsprach er genau dem Bild, das die Mönche Albrecht von einem sündigen, nur auf sich selbst bedachten Menschen entworfen hatten.

»Wie lange wartest du schon?«, fragte der Ministerial.
»Ich zähle die Stunden nicht mehr«, antwortete der Fette. »Die Tür ist verschlossen, sodass man nicht hineingehen und das Ende der Beratung erfragen kann.«
»Eine Störung ist auch keinesfalls angebracht«, sagte der Ministerial. »Bedenke den Rang der hohen Herren! Die Gesandten der Königin von Dänemark, Norwegen und Schweden! Wichtige Kaufherrn aus London! Die Bürgermeister aus Holland! Die Bürgermeister von Bremen, Lübeck, Wismar und Rostock, unser eigener Herr Bürgermeister selbstverständlich nicht zu vergessen! Unsre Ratsherren! Unsre Hansepatrizier!«
Er winkte Albrecht zu sich.
»Ja, die Herren Grafen und Ritter, die halten sich für das Wichtigste und Höchste«, sagte der Fette, gerade als Albrecht angekommen.
»Willst du sagen, sie sind es nicht?«
»Sie sind, was sie sind. Aber mächtiger ist die Hanse. Und was die Hanse ist, haben wir Zunftmeister aus ihr gemacht! Margarete ist Königin von Dänemark, Norwegen und Schweden – aber die Hanse regiert mit! Und in Russland, England, Spanien auch. Nenn mir einen König, der über ein größeres Königreich herrscht als die Hanse! Ich kenne keinen. Damit habe ich nichts Unrechtes gesagt. Es ist die Wahrheit. Oder säßen sonst Kaufleute mit dem Adel zu Rat?«
Er wischte Schweiß von der Stirn, obwohl es in dem dunklen Rathaus ziemlich kühl und feucht war. Die lange, eitle Rede hatte ihn in Hitze gebracht.
»Euer Geld regiert die Welt, das ist leider so«, sagte der Ministerial. »Aber wir wollen diesem Jüngling ein Vorbild sein in der Achtung vor den althergebrachten Wer-

ten und Sitten. Er ist selbst von Adel und hat eine geistliche Ausbildung genossen.«

Es war das erste Mal, dass der Verwandte Albrecht anlächelte.

Albrecht stellte sich dem fetten Kaufmann und Zunftmeister mutig als Rittersohn vor.

»Du bist also der Brudersohn von meinem Weib«, sagte der Kaufherr. »Ein adliges Bürschchen ... Ich kann an dir nichts Besonderes finden, wie ich an meinem Weib nichts Besonderes finden kann.« Er grinste den alten Herrn an. »Ich habe wiederum nichts Unrechtes gesagt, sondern die reine Wahrheit und nichts als die Wahrheit!«, rief er aus und erhob wie unschuldig die Hände. »Ich musste dieses Weib nehmen, um in der Welt das nötige Ansehen zu erringen. Es braucht den Adelstitel, dieses kleine Wörtchen ›von‹, damit ich bald nicht mehr hier vor der Tür, sondern unter den Patriziern im Hansesaal sitzen kann. Ich will nicht mein ganzes Leben auf Antworten warten, sondern selbst das Sagen haben! Drum kaufte ich das ›von‹ und musste das Weib mitnehmen. Schaut nicht so entrüstet!«

Die Blicke sämtlicher Umstehenden wendeten sich ihnen zu. Der Herr Ministerial bemühte sich, seinen Zügen ein verbindliches Aussehen zu geben.

»Wenn ich sage, dass der Adel nichts Besseres ist als wir Zunftleute, so ist das eine geringere Lüge als die vom blauen Blut der Adligen. Ich habe es nie anders als rot gefunden und bin doch immerhin mit einer Adligen verheiratet.«

Er sah triumphierend in die Runde. Vielleicht erwartete er, dass die Zunftmeister ihn für seine hochmütigen Worte bejubelten. Das wagten sie nicht, aber sie nickten ihm anerkennend zu. Einer, der ebenso alt wie der Minis-

terial sein musste, aber ein glattes, freundliches Gesicht hatte und noch dichtes Haar, kam zu dem Kaufherrn.
»Seid vorsichtiger, bester Mann! Ihr wollt zu den Patriziern gehören – gebt nur besser Acht, dass die Herren Patrizier Euch für Eure Rede nicht köpfen lassen. Ein jeder ist um seine Macht besorgt, auch der Mächtigste!«
»Es ist genug«, sagte der Ministerial zu dem fetten Kaufherrn. »Jetzt verstehe ich, warum Albrecht von seinem Vater mir anvertraut worden ist und nicht Euch, obwohl doch einzig Ihr alles für sein weiteres Schicksal ordnen könnt.«
»Ja, so ist es immer!«, sagte der Fette.
Er musste sich von seinem anstrengenden Auftritt erholen und ließ sich auf einer Bank nieder.
»Der Adel will bestimmen, richten und regieren. Das Ganze bezahlen müssen wir, die Kaufleute. Ich kann nicht einsehen, dass ich mir auch noch den Burschen aufhalsen soll.«
»Was heißt das? Willst du ihn nicht wie verabredet auf deinem Schiff mitnehmen?«
»Ich habe nichts verabredet. Mir wurde von dem Herrn Ritter etwas aufgetragen – ich wurde nicht einmal nach meiner Zustimmung gefragt. Mag sein, mein Weib hat zu dem Plan ihr Ja gegeben, aber was bedeutet das Ja oder Nein von einem Weib?«
»Klar heraus, nimmst du den Jungen auf dein Schiff und sorgst für ihn, wie es einem jungen Herrn von Adel gebührt?«
»Nein«, sagte der Kaufmann. Er lehnte sich auf der Bank zurück, schloss die Augen und legte die Hände auf den runden Bauch.
Der alte Herr stand vor ihm und wusste nichts zu sagen. Er zitterte vor Aufregung.

Noch aufgeregter aber war Albrecht! Ihm dröhnte der Kopf von allem Neuen. Das Wenigste verstand er und jetzt, jetzt sollte er sogar auf ein Schiff! Und dann wieder doch nicht?
Gerade da wurde die Tür vom Hansesaal geöffnet.
Albrecht konnte die kostbare Holztäfelung und die prächtigen Gobelins an den Wänden erkennen.
»Das ist unser Herr Bürgermeister«, flüsterte der alte Herr ihm zu.
Der Bürgermeister trug eine dunkelblaue Robe und auf seiner Brust lag die goldene Bürgermeisterkette der Stadt Hamburg. Von dem, was der Bürgermeister sagte, begriff Albrecht nichts. Nur eines traf ihn mitten ins Herz.
»Es ist entschieden!«, rief der Bürgermeister. »Wir rüsten gegen Klaus Störtebeker und die Seeräuberplage!«
Klaus Störtebeker, das war für Albrecht nur noch ein ferner Kindertraum. Aber Stine war ihm plötzlich wieder ganz nah, Stine, die Störtebekers Tochter hatte sein wollen! Albrecht schluchzte auf.
Der alte Herr sah ihn an und war verwirrt.
»Junge, weinst du etwa?«
»Das bedeutet wieder nur höhere Steuern und Sonderlasten für uns Zunftleute«, schimpfte der fette Kaufmann. »Siehst du, dass ich mich richtig entschieden und mir nicht noch das heulende Würstchen ans Bein gebunden habe!«
Der freundliche alte Herr mit dem dichten grauen Haar trat zu ihnen.
»Ihr seid der Kaufherr Holter«, sagte der Fette. »Ihr handelt mit dem flandrischen Tuch ...«
Herr Holter nickte. »Dann wisst Ihr auch, dass Ihr mir

trauen könnt, und nehmt es mir nicht übel, dass ich mich anbiete, Euch in Eurer Angelegenheit zu helfen.«
»Von welchen Angelegenheiten redet Ihr?«, fragte der Fette und wirkte eher misstrauisch.
»Ich meine den jungen Herrn da«, sagte Herr Holter.
»Redet Ihr von der Heulsuse als von einem Mann?«
»Ich verstehe seine Tränen«, sagte Herr Holter.
»Es war alles zu viel für ihn heute«, sagte der Ministerial. Er war froh, dass er sich nicht für Albrecht schämen musste. »Ich danke Euch für Euer Verständnis, Kaufherr Holter. Ich erinnere mich auch, dass Ihr für Eure besonnene, freundliche Art in Hamburg bekannt seid. Dennoch dürfen wir Euch nicht mit unseren Sorgen um den Jungen belasten«, sagte er.
»Ich soll ihn auf die nächste Fahrt nach England mitnehmen«, sagte der fette Kaufmann. »Die Verantwortung kann ich niemals tragen.«
»Überlasst sie mir! Der junge Herr kommt mir wie gerufen. Auch meine Schiffe brechen in ein oder zwei Monaten nach England auf. Ich will ihn mitnehmen und für ihn Sorge tragen.«
Den Herrn Ministerial verwirrte das Angebot.
Der fette Kaufmann dagegen rief: »Guter Herr, Ihr tut damit ein gottgefälliges Werk! Der Vater dieses Burschen wird es danken! Ich meine, es ist genug, wenn der Herr Ministerial das Weitere mit Euch bespricht, denn eigentlich geht mich diese Sache nichts an.« Damit eilte er fort, die Rathaustreppe hinunter.
»Erlaubt mir nur die Frage, was der junge Herr in England soll?«, fragte Herr Holter.
Das hätte Albrecht auch gern gewusst! Er erfuhr es aber nicht.

Die beiden Männer verabredeten, sich später noch einmal zu treffen und die Einzelheiten zu besprechen. Jetzt sollte Albrecht dem fremden Kaufmann folgen.
»Ist dir das recht?«, fragte der ihn.
Darauf konnte Albrecht wirklich nicht mehr antworten. Es war genug. Die Kraft, die noch in ihm übrig war, brauchte er, um aufrecht stehen und entweder mit diesem oder mit jenem mitgehen zu können.
»Gott behüte dich!«, sagte der Herr Ministerial.
Kaufmann Holter nahm Albrechts Hand und ging mit ihm fort.

20

Das ist mein Haus«, sagte Kaufmann Holter und stieß die schwere geschnitzte Eichentür auf.
Draußen war es kalt und finster. Nun traten sie in einen von goldenem Licht erfüllten, warmen Raum. Der schöne alte Kaufherr drückte Albrecht in einen Sessel und setzte sich selbst davor.
»Gutes Kind«, sagte er. »Du hast heute viele Neuigkeiten verkraften müssen, nicht wahr?«
Albrecht nickte.
»Hier in meinem Haus erwartet dich womöglich noch eine Überraschung. Ich möchte sie dir nicht vorenthalten. Gleichzeitig fürchte ich, dass sie zu groß für dich ist.«
Der Kaufmann wartete, ob Albrecht etwas sagen würde. Aber Albrecht sagte nichts. Er rührte sich auch nicht. Es tat ihm wohl, im Lichten und Warmen zu sein. Da vor

ihm bemühte sich ein freundlicher Mann um ihn, versprach Schutz und Geborgenheit, machte sich seinetwegen Sorgen und Gedanken. Das kannte Albrecht schon sehr lange nicht mehr. Er hielt also still und hoffte, dieser Zustand möge andauern.

»Siehst du, das Leben kennt viele Zufälle.« Der Kaufmann sprach ihn mit sanfter Stimme an. »Auch dass wir hier beieinander sind, ist ein Zufall. Dieser Zufall bedeutet nicht nur, dass du und ich zusammengefunden haben. Er ist weit schicksalhafter.«

Albrecht verstand zwar nicht, was der Kaufmann meinte, aber gut gemeint war es bestimmt. Er lächelte. Da nahm der Kaufmann Albrechts beide Hände und drückte sie.

»Du fasst wieder Mut! Das ist recht! Manchmal kommt ein Zufall ungeschickt. Dann richtet er Unheil an, wo er eigentlich ein Glück hätte genannt werden können. Ich fürchte, wenn ich dir nicht noch heute Abend die Überraschung in meinem Haus zeige, gleichwohl sie dir arg zusetzen kann, wird sie dir des Nachts oder am Morgen plötzlich gegenüberstehn. Dann bin ich nicht bei dir, kann dir nicht helfen, dir nichts erklären.«

»Es ist ein Glück, dass ich bei Euch sein kann«, sagte Albrecht.

»Nun denn, sehen wir dem Schicksal ins Auge, tapferer junger Herr!«, sagte der Kaufmann.

Er erhob sich entschlossen und nahm Albrecht mit.

Das Haus des Kaufherrn war geräumig. So viel konnte Albrecht erkennen, obgleich die Lichter in den Zimmern, die sie durchschritten, gelöscht waren und die Lampe, die Herr Holter trug, nur einen kurzen, flackernden Schein gab. Wenn noch andere Leute im Haus wohnten, was anzunehmen war, mussten sie zu Bett gegangen sein. Niemand zeigte sich und Herr Holter bemühte sich, keinen Lärm zu machen.

Leise öffnete und schloss er die Türen, durch die er Albrecht führte, und achtete darauf, dass sie an keines der schweren, schönen Möbelstücke stießen. Endlich, als sie wieder vor einer Tür standen, zog er Albrecht in den Lichtkreis und sah ihm fest in die Augen.

»Hinter dieser Tür ist das Gemach einer Frau. Es kann sein, du kennst sie und sie kennt dich. Es kann sein, meine Ahnung erweist sich als Irrtum. Fürchte nichts, wie auch immer diese Begegnung ausgehen wird, ich stehe zu dir! Nun denn!«

Er klopfte an die Tür. Dahinter waren Geräusche zu hören.

»Ich bin es, Holter!«, rief der Kaufherr. »Mach auf! Es ist wichtig! Und erschrick nicht!«

»Was ist geschehen? Ich komme!«, rief eine Frauenstimme.

Im Augenblick wusste Albrecht alles.

»Mutter!«, schrie er, riss die Tür auf und stürzte in das Gemach.

Bevor der Kaufherr Holter das Gemach verließ, musste er noch ein letztes Mal das Bild von Albrecht und der Mutter in den Lichtkreis seiner Lampe nehmen.

Die beiden lagen endlich im Bett und hielten sich fest umschlungen.

Er hätte es dem tapferen Jungen unmöglich verwehren können, in dieser Nacht bei seiner Mutter zu schlafen. Ihm selbst hätte es wehgetan, sie auseinander zu reißen. Er fühlte sich froh wie beinahe noch nie in seinem langen

Leben. Und hatte er denn in diesem Leben je etwas Besseres zustande gebracht? Ja, er hatte einen Handel aufgemacht, der übers weite Meer in ferne Länder reichte. Er besaß eine Handelsflotte von zwölf Koggen und sieben Holks. Er hatte sich ein prächtiges Haus gebaut und führte einen stattlichen Haushalt. Seine Speicher waren gefüllt und die Kassen auch. Und er hatte Einfluss auf wichtige Entscheidungen, die in seiner Vaterstadt Hamburg getroffen wurden. Doch was war dies alles gegen das, was er heute getan? Zwei Menschen, die sich für immer verloren geglaubt, hatte er wieder zusammengeführt!

Der Kaufherr nahm das Licht von den Schlafenden und ging aus dem Zimmer. Leise schloss er die Tür. Er dankte Gott dem Herrn für diesen glücklichen Tag und versprach, den beiden Menschen da drinnen zur Seite zu stehn, solange es ihm möglich sein würde.

21

Schnee glitzerte in der Februarsonne. Jung und Alt tummelten sich auf dem Eis. An Ständen wurden heiße Getränke und Leckereien verkauft. Es war Faschingszeit, und eine Schar Kinder umringte Albrecht und den Kaufherrn. Mit Trommeln und Rummelpötten machten die Kinder einen Heidenlärm. Albrecht verzog keine Miene. Er wollte ernst genommen sein und als junger Herr gelten. Herr Holter hatte ihm neue Beinkleider, Hemden, Wams und einen hübschen kurzen, pelzbesetzten Mantel

anfertigen lassen. Jetzt reichte er ihm kleine Münzen, die Albrecht an die Kinder verteilen durfte. Da gaben sie Ruhe und liefen weiter. Albrecht sah, wie sie sich auf das nächste gut betuchte Opfer stürzten, um mit Krach Geschenke zu erzwingen.
Herr Holter und er konnten ihren Weg fortsetzen, zu den Speicherhäusern, unten am Hafen. Albrecht sollte sich die dort gelagerten Waren ansehen. Denn heute weihte der Kaufherr ihn in seine Geschäfte ein!
Albrecht ging an den Tuchballen und Pelzbündeln vorbei, an den Fässern, die mit Bier oder eingesalzenem Hering gefüllt waren, an Korn- und Gewürzsäcken, an Kisten voll Hausgeräten, Kleidern, Hüten und Schmuck. Der Kaufmann zeigte ihm die Listen, in denen sämtliche Dinge verzeichnet waren und die Preise, Maße und Gewichte dazu.
Er konnte gut erklären und blieb geduldig, obwohl Albrecht oft nachfragte.
»Du musst nicht alles verstehen, Albrecht«, sagte er. »Aber die ganze Reise wird dir besser gefallen, wenn du von ihrem Ziel und Nutzen etwas begreifst. Wenn du nicht weißt, worum es bei den Handelsfahrten geht, wird es dir bald langweilig sein, Tage und Nächte übers Meer zu segeln. Oder in London beim Verkaufen und Kaufen stundenlang dabeizustehn.«
»Mir wird es bestimmt nicht langweilig«, sagte Albrecht. Wirklich entdeckte er, dass nicht nur das Beisammensein mit der Mutter, die angenehme Begleitung durch Herrn Holter, die Geborgenheit in seinem schönen Haus ihm gefielen, sondern auch das Arbeitsfeld eines Kaufmanns. Albrecht hätte nichts dagegen gehabt, selbst ein Kaufmann zu werden! Aber das entsprach sicher nicht den

Plänen, die der Vater mit ihm hatte. Da war sich Albrecht sicher!
Herr Holter hatte längst das verabredete Gespräch mit dem Herrn Ministerial geführt. Die beiden Männer hatten Albrechts Angelegenheiten geordnet. Noch einmal hatte Herr Holter gefragt, warum Albrecht von seinem Vater nach England geschickt wurde. Der Herr Ministerial wusste keine Antwort.
Jedenfalls würde er reisen! Im März oder im April, wie das Wetter sich zeigte, sollten die Schiffe mit Herrn Holters Waren nach England auslaufen. Und Albrecht würde auf einem der Schiffe sein. Er freute sich darauf. Manchmal hatte er Angst. Das Schiff konnte bei Sturm kentern und untergehen. Es gab keine genauen Karten. Nicht einmal Herr Holter kannte die Wege, welche die Schiffe nehmen würden. Er musste sich auf die Seeleute verlassen. Deren kostbarster Besitz war die Fähigkeit, sich auf dem offenen Meer zurechtzufinden, und die Erfahrung, wo das Meer schiffbar war oder wo Felsen und Sandbänke die Fahrt unmöglich machten. Dieses Wissen gaben sie nicht preis.
Von allen Gefahren, die auf See drohten, fürchtete Albrecht die Piraten am meisten. Auch der erfahrenste Schiffer konnte ihnen nicht ausweichen. Sie lauerten überall. Vielleicht würden sie sogar Klaus Störtebeker begegnen? Er hatte Herrn Holter über Klaus Störtebeker ausgefragt. Wie stets war Herr Holter in seinen Antworten nicht unsicher, aber vorsichtig gewesen. Persönlich kannte er Klaus Störtebeker nicht. Darum wollte er sich auch kein Urteil erlauben. Manche behaupteten, Klaus Störtebeker sei von Adel, andere wieder, er sei ein entlaufener Knecht. Die einen hielten ihn für einen schweren Verbrecher, der

die Ordnung störte, die anderen für einen Helden, der gegen das Unrecht kämpfte. Mal sollte er mit einer Häuptlingstochter verheiratet und König der Friesen sein. Dann erzählte man sich, er lebe einsam wie ein Wilder in den Felsen Helgolands.
»Sicher ist Klaus Störtebeker ein Mann, den kennen zu lernen sich lohnt«, sagte Herr Holter. »Ich will es uns aber nicht wünschen, denn dann wäre ich meine Ware samt den Schiffen los und würde, einen Strick um den Hals, am Mast hängen. Nein, die Bekanntschaft mit Klaus Störtebeker muss zu teuer bezahlt werden.«

Albrecht saß bei der Mutter in der warmen Stube. Draußen aber pfiff der frische Frühlingswind durch Hamburgs Gassen. Morgen würde er die Segel von Kaufmann Holters Schiffen blähen! Morgen sollte Albrecht mit Herrn Holter aufs Meer hinaus!
Im ganzen Haus herrschte Aufregung und Betriebsamkeit. Nur die Mutter blieb schmal und still in ihrem Sessel.
Albrecht war gewachsen und hatte sie in der Größe fast eingeholt. Er hatte viel gelernt und war stärker geworden und nun würde er fortgehn.
Die Mutter musste hier bleiben. Erst hatte sie Stine verloren und nun wollte Albrecht sie verlassen. Über Stine hatten sie nur selten miteinander gesprochen. Es machte sie beide doch nur traurig. Seit beinahe einem halben Jahr war sie verschwunden. Obwohl Herr Holter so viele Hamburger kannte, hatte niemand das Mädchen gesehen. Die Mutter fürchtete, Stine könnte tot sein. Sie sprach es nicht aus, um Albrecht und sich selbst nicht die Hoffnung zu nehmen. Albrecht glaubte das sowieso nicht. Den Ge-

danken an den Tod mit Stine zusammenzubringen, das war einfach unmöglich! Dann schon eher den an Klaus Störtebeker! Stine Piratentochter, das passte! Obwohl es natürlich nur ein Märchen war, das die kleine Stine sich ausgedacht hatte. Inzwischen war sie sicher erwachsen und vernünftig geworden wie er. Falls sie noch lebte ... Und so drehten sich die Gedanken um Stine immer im Kreis. Die Mutter musste ab morgen damit allein sein. Wie viel besser ging es ihm! Er würde genug Neues erleben, um die Sorgen zu vergessen.

Albrecht streichelte die Hand der Mutter.

Früher, auf dem Rittergut, war sie fest und rau gewesen. Im Haus von Kaufmann Holter war sie weich und zart geworden. Jetzt lag sie so schlaff in seiner Hand, als hätte sie überhaupt keine Kraft mehr. Plötzlich wurde ihm klar, dass die schöne, starke, kluge Mutter eines Tages eine alte Frau sein würde. Dann musste einer für sie sorgen und sie beschützen. Albrecht wollte das tun. Er wollte für sie da sein. Wenn er aus England zurückkehrte, würde er eine Menge mehr von der Welt wissen. Und er wollte weiterlernen und eine Möglichkeit finden, an Geld heranzukommen, an viel Geld. Und dann wollte er bei ihr bleiben, solange sie lebte, und sie würden es sich gemeinsam gut gehen lassen.

Das alles ging ihm durch den Kopf. Aber als er Mutters Hand in ihren Schoß zurücklegte und aufstand, um hinauszugehen, sagte er nur: »Ich komme zurück, bestimmt.«

22

»Kommt zurück! Auf Wiedersehen! Viel Glück! Vergesst uns nicht!«, riefen die Friesen.
Sie winkten zum Abschied. Manche mit Tüchern, andere mit dem ersten jungen Grün, das sie von Bäumen und Hecken geschnitten hatten.
Störtebekers Flotte steuerte langsam durch den Kanal von Marienhafe Richtung Meer.
»Wir kommen wieder, bestimmt!«, rief Stine.
Keno tom Brok ritt mit seinen Männern am Kanal entlang und gab den Seeräubern das Geleit. Er trieb sein Pferd zu wildem Galopp und überholte die zwölf Schiffe. Dann bog er ab und ritt fort, ins weite Friesenland hinein.
Oskar saß am Rand vom Mastkorb und krächzte laut. Endlich war der Winter vorbei und es ging wieder hinaus! Das Meer funkelte in der Frühlingssonne und trug unzählige weiße Schaumkronen. Als hätte es sich zum Empfang der Piraten geschmückt. Möwen sammelten sich um die Schiffe. Sie kreischten und Stine warf ihnen Brotkrumen zu. Oskar machte den Hals lang und krächzte.
»Flieg los!«, rief Stine zu ihm hinauf. »Dein Flügel ist gesund!«
Aber Oskar traute sich nicht.
Racker kläffte und Krummsäbel tauchte an Deck auf.
»Der Hund ist klüger als du«, schimpfte er. »Was du in die Luft wirfst, fehlt morgen unseren Bäuchen!«
Stine lachte ihn aus.
»Oho, dein Bauch ist so fett, dem fehlt nie mehr was!«,

rief sie. »Und so wie du sehn alle Räuber aus! Das faule Leben und gute Essen bei den Friesen hat aus euch Kürbisse gemacht!«
»Na warte!«, rief Krummsäbel und wollte Stine packen. Aber die hing schon in halber Höhe am Schiffsmast.
»Vier Koggen!«, schrie sie.
»Vier Koggen!«, gab Krummsäbel den Ruf sofort weiter. Stine hatte Adleraugen, das wusste er längst und auch, dass sie keine dummen Scherze machte.
»Englandfahrer!«, rief der Narbige. »Zu den Waffen!«
Stine kletterte in den Mastkorb. Da lag ihre Armbrust. Im Winter hatte sie das Holz vom Bogen geölt. Sie hatte die Saite ausgewechselt und sich neue Pfeile besorgt. Jeder in Störtebekers Mannschaft setzte seine Kräfte ein, wo er es am besten verstand. Stine kämpfte mit der Armbrust und ihr Platz war im Krähennest. Die Piraten konnten sich auf sie verlassen.
Es war meist nicht schwer, die Kaufleute zu besiegen. Sie hatten keine Ahnung vom Schießen und Fechten. Ihre Diener waren zwar bewaffnet, aber ungeschickt. Das Schiffsvolk stellte sich auf die Seite der Seeräuber oder gab auf, wenn es ernst wurde.
Diesmal war sogar der Wind mit den Piraten! Er blies die vier fremden Schiffe genau auf sie zu. Die Likedeeler drängten ihre leichteren Holken dicht an die Handelskoggen.
»Hoiho!«, riefen sie. »Ergebt euch! Ihr seid in der Hand der Piraten! Hoihooo! Gottes Freund und aller Welt Feind!« Und dann ertönten die Befehle: »Schwert- und Degenkämpfer in Zweierreihen! Armbrustschützen kommandoklar! Los, Enterhakenträger! Auf sie!«
Der Enterhaken wurde geworfen und hakte sich an der

fremden Kogge fest. Die Piraten zogen sie an ihre Holk heran und besetzten das Deck des Handelsschiffes.
»Gottes Freund und aller Welt Feind!«, riefen sie wieder.
»Hoihoihooo!«, rief Stine.
Sie sah aus dem Krähennest auf ihre Freunde hinunter, die Schwert und Degen schwangen. Die Kauffahrer ließen die Waffen fallen, bevor der Kampf richtig losging.
Es hatte sich herumgesprochen, dass die Likedeeler auf der Westsee kein Blut vergossen, wenn sich die Besatzung ergab.
Die Armbrustschützen waren nicht zum Einsatz gekommen. Stine legte die Waffe in den Mastkorb zurück. Sie kletterte hinunter und wechselte rüber auf eins von den erbeuteten Schiffen. Mal sehn, wie es da aussieht und was die Kauffahrer geladen haben, dachte sie.
An Deck vom Beuteschiff war die Stimmung gut. Auf keiner Seite gab es Verletzte. Die Piraten und die Hamburger Leute tauschten Knaster, unterhielten sich und schüttelten sich die Hände. Manche umarmten sich sogar. Sie kannten sich von früher her. So ein Wiedersehen kam zwar selten vor, ungewöhnlich war es aber nicht. Klaus Störtebeker nahm jeden Mann auf, der in seiner Mannschaft bleiben wollte. Oft waren das arme Dienstleute, Knechte und Schiffsjungen aus Hamburg.
Der Narbige prallte gegen Stine.
»Hoppla! Du stehst im Weg! Bist du festgenagelt?«, fuhr er sie an.
»Versteck mich!«, flüsterte Stine.
Sie schob sich hinter seinen Rücken.
»Ist dir wer auf den Fersen?« Der Narbige griff nach seinem Degen.
»Nein, aber ich kenne den ...« Stines Stimme klang heiser.

»Wer macht dir Angst?«
Der Narbige spannte die Muskeln. Den Degen hielt er in der einen Hand, mit der anderen hielt er Stine hinter seinem Rücken. Er würde jeden in die Flucht schlagen, der Stine etwas antun wollte, und wenn es der Teufel selbst sein sollte! Es war aber nicht der Teufel, den Stine entdeckt hatte. Es war Kaufmann Holter. Wie dumm, dass sie gerade seine Schiffe erbeutet hatten!
»Oh, diese Burschen hier sind die Likedeeler?«, fragte Kaufmann Holter eben seinen Steuermann.
Der nickte.
»Sind das die, die alles untereinander gleich teilen?«
Der Steuermann nickte wieder. »Das hier sind die Männer von Klaus Störtebeker. Sie nehmen den Reichen und geben den Armen.«
»Bist du ein Likedeeler?« Herr Holter hielt Krummsäbel am Arm fest.
»Was will der Pfeffersack von mir?« Krummsäbel zog den Arm weg. »Klar bin ich Likedeeler, das siehst du doch!«
»Unglaublich!«, rief Herr Holter aus.
Er musterte Krummsäbel gründlich.
»Ihr seid verrückt«, sagte er nach genauer Prüfung.
Krummsäbel lachte ihm ins Gesicht. Der Narbige aber, der alles mit angehört hatte, wäre am liebsten auf diesen Kaufmann losgegangen, der Stine Angst machte und auch noch frech wurde. Stine hielt ihn zurück.
»Es ist doch verrückt, dass ihr paar rauen Kerle die Welt aus den Angeln heben wollt!«
Krummsäbel fuchtelte ihm mit seiner Waffe vor der Nase herum.
»Oder nicht?«
Der Kaufherr ging Schritt für Schritt zurück.

»Ihr rüttelt an einem ganzen Bau. Und wenn der nun zusammenbricht? Was dann?«
»Wovon redest du, Kerl!«, rief Krummsäbel. »Wirres Zeug!«
Er steckte die Waffe in den Gürtel, schob den Kaufherrn beiseite und wollte sich davonmachen. Der Kaufherr blieb ihm auf den Fersen.
»Führ mich zu deinem Hauptmann! Der wird mich eher verstehn!«
Krummsäbel drehte sich um und spuckte dem Kaufherrn vor die Füße. Der ließ sich aber nicht abschrecken.
»Zeig mir Klaus Störtebeker! Ich muss ihn sehen!«
»Hauptmann! Nehmt mir den Pfeffersack ab!«, rief Krummsäbel Klaus Störtebeker zu. »Er klebt an mir wie eine Laus!«
Krummsäbel lachte und stieß den Kaufherrn vor seinen Hauptmann. Herr Holter blieb vor Störtebeker stehn.
»Ich wollte Euch immer kennen lernen«, sagte er. »Meine Schiffe samt der Ladung bin ich los. Nun müsst Ihr mich nur noch aufhängen.«
Einen Pfeffersack wie diesen hatte Störtebeker noch nicht erlebt! Der jammerte nicht nach seiner Ware und bettelte nicht um sein Leben oder drohte mit der Rache der Hanse. Dieser alte Herr, der ihm gerade bis zur Brust reichte, sah ihm ins Gesicht und lächelte. Als sei er ein Kind und Störtebeker der Nikolaus!
»Brauchst du einen Henker, Pfeffersack?«, fragte Störtebeker. »Ich kann ihn dir machen! Aber warte bis morgen, meine und deine Leute wollen feiern. Ich muss die Bierfässer heraufbefehlen.«
»Ich warte gern«, sagte der Kaufmann. »Und wenn Ihr keine Lust zum Aufhängen habt, bestehe ich nicht darauf.«

»Das ist gut«, sagte Störtebeker. »Du kannst morgen mit deinen Leuten nach Hamburg zurück. Wenn sie dich mitnehmen, denn bei uns haben die Armen das Sagen.«
»Das eben ist es, worüber ich mit Euch reden wollte. Seid Ihr wie ich der Meinung, dass alle Menschen gleich sind?«
»Denkst du so?« Störtebeker staunte.
»Ich denke so und freue mich über jede Menschenseele, die es auch begriffen hat!«
»Du lügst«, sagte Störtebeker. »Denn würdest du alle Menschen für gleich nehmen, hättest du nie ein reicher Pfeffersack werden können.«
»Auch du bist reich, Pirat«, sagte der Kaufmann.
»Mein Reichtum zählt nicht«, sagte Störtebeker. »Was ich habe, ist nicht von dieser Welt. Mein Reichtum wird nicht angehäuft, um neuen Reichtum daraus zu machen. Was ich und meine Piraten besitzen, wird verprasst. Was nicht verprasst werden kann, wird bei nächster Gelegenheit an die Armen verteilt.«
»Ich unterstütze ein Waisenhaus, eine Bürgerschule und ein Spital«, sagte der Kaufmann. »Weil ich meinen Reichtum vermehre, kann ich auch mehr für die Hilfsbedürftigen einsetzen.«
»Du verstreust Almosen an ein paar Elende und hast zuvor Hunderte Menschen ausgepresst und in ebendieses Elend gestürzt.«
»Gott hat mich auf einen Platz gesetzt und ich kann nichts weiter tun, als ihn so gottgefällig wie möglich auszufüllen«, sagte der Kaufmann.
Man sah ihm an, dass Störtebeker ihm was zum Nachdenken aufgegeben hatte.
»Auch mich hat Gott auf einen Platz gesetzt«, sagte Störtebeker. »Ich bin aber nicht auf meinem Platz geblieben.

Ich habe anderswo mein Glück gesucht. Und siehe da, Gott ist deshalb nicht zornig, sondern hält zu mir. Er sieht mein Werk mit Wohlgefallen an.«
»Das ist ganz und gar erstaunlich«, sagte der Kaufmann. »Einen Menschen wie Euch habe ich nie zuvor getroffen. Ich möchte Euch gern meinem Wahlsohn vorstellen. Er hat mich oft nach Euch gefragt und ich habe ihn auf dieser Reise dabei.«
»Ruf ihn meinetwegen! Ich bin bei den Fässern!«
»Gleich! Er steckt in einem Tuchballen. Ich dachte, ihm könnte Böses durch Euch oder Eure Leute geschehen. Ich kannte Euch ja nicht ...«
Albrecht!, durchfuhr es Stine. Wenn es doch Albrecht wäre ...
Sie schob die Hand des Narbigen weg und lief dem Vater nach.
»Albrecht«, sagte sie leise. »Es ist Albrecht.«
Da stand er und blinzelte, denn in dem Tuchballen war es dunkel gewesen und plötzlich stand er im Sonnenlicht. Und die Augenbrauen zogen sich über seiner Nase wie eine schwarze haarige Raupe zusammen.
»Dein Albrecht?«, wollte der Vater wissen.
»Das ist er! Auf den ich so lange gewartet habe!« Stine ging zu ihm hin. »Albrecht!«, sprach sie ihn leise an.
Albrecht blinzelte noch. Dann sah er Stine, überstrahlt von dem flirrenden Licht. Stine, nicht tot, nicht gefangen. Lebendig stand sie vor ihm und lächelte ihn an.
»Du bist es – hier!« Er streckte die Hand nach ihr aus.
Stine nahm sie. Die Hand war schmal und kalt. Das war nicht mehr Albrechts Kinderhand.
»Jetzt sind wir beide hier. Bei Klaus Störtebeker«, sagte sie.
»Stine, wie wird sich deine Mutter freuen!« Herr Holter

legte einen Arm um Stine, den anderen um Albrecht. »Dies Wiedersehen überwältigt uns alle! Jetzt gilt es, mit der nötigen Ruhe eure Lage neu zu bedenken. Dafür gebt Ihr uns noch Zeit, nicht wahr, Störtebeker! Ihr seid ein Mann von hohem Sinn ...«

»Ein gemeiner Räuber, das bist du!«, schrie Albrecht Klaus Störtebeker an. »Sonst hättest du Herrn Holter nicht überfallen und um seine ganze Mühe und Arbeit gebracht! Du bist eben zu faul für Arbeit und musst stehlen und morden!«

»Albrecht, hör auf!«, rief Stine. »Er ist mein Vater! Ohne ihn komme ich niemals nach Hamburg zurück.«

»Wegen dieses Räubers hast du die arme Mutter vergessen!«, schrie Albrecht sie an.

»Verzeiht dem Jungen«, sagte Herr Holter zu Klaus Störtebeker. Und an Stine gewandt: »Wenn du nicht zu uns zurückwillst, muss deiner Mutter die Gewissheit genügen, dass du immerhin lebst. Und auch Albrecht soll selbst entscheiden, mit wem er weiterreisen möchte. Mit dir und deinem Vater oder mit mir und meinen Leuten nach Hamburg zurück.«

»Was hältst du davon, Stine Pirat?«, fragte der Vater.

Stine musste nicht erst überlegen. Sie wollte Albrecht haben!

»Lass ihn nicht fort!«, bat sie.

»Ihr habt es gehört«, sagte Störtebeker.

»Nein! Nein! Gebt mich nicht heraus!«, schrie Albrecht und hängte sich an Herrn Holter.

Der nahm ihn fest in die Arme.

»Störtebeker, das könnt Ihr nicht tun! Der Junge hat das gleiche Recht wie Ihr, sich den Platz zu suchen, auf dem er im Leben wirken möchte!«

»Er ist sehr jung und hat noch lange Zeit für die Suche«, sagte Störtebeker. »Vorerst ist es besser, ich treffe eine Entscheidung für ihn. Später mag er nach Hamburg gehen, zurück zu dir. Was es mit den Pfeffersäcken auf sich hat, das hat er bei dir gelernt. Nun soll er lernen, was es heißt, Pirat zu sein.«
»Nein! Verlasst mich nicht!«, schrie Albrecht.
Er wollte Herrn Holter nicht loslassen, auch nicht, als der vor Störtebeker auf die Knie stürzte. »Gebt ihn frei!«, bat er.
»Ein Beiboot!«, rief Störtebeker. »Seeklar machen! Das muss ein Ende haben! Auf der Stelle!«
Kaufmann Holter und Albrecht wurden von Störtebekers Piraten auseinander gerissen und der Kaufmann in dem Beiboot vom Schiff hinunter ins Meer gelassen.
»Herr Holter! Bleibt hier! Nehmt mich mit!«, schrie Albrecht.
Stine hielt sich die Ohren zu.
»Sperrt den Schreihals ein!«, befahl Störtebeker. »Unter Deck mit ihm!«
Und zu Stine sagte er: »Auch du halt dich fern von ihm! Er soll sich austoben und zur Besinnung kommen. Hast du verstanden?«
»Danke, Vater«, sagte Stine.
»Ich hätte dir lieber ein neues Paar Hosen geschenkt«, sagte er.

Um Albrecht wurde es wieder dunkel. Die Piraten sperrten ihn in den Laderaum ein, in dem die Tuchballen lagen. Albrecht warf sich über einen Tuchballen und weinte bitterlich. Seine Hand strich immer wieder über den feinen Stoff, als wäre er von Herrn Holters Hemd und Herr Hol-

ter noch da. Aber er war fort. Albrecht richtete sich auf und wischte die Tränen ab. Er war in der Gewalt des Seeräuberhauptmanns. Nein, er konnte nicht glauben, dass Klaus Störtebeker Stines Vater war. Dieses Kindermärchen war ausgeträumt – genau wie das vom edlen Piraten. Das hatte Albrecht deutlich zu spüren bekommen. Und er fand es nur recht, dass in Hamburg gegen die Piraten gerüstet wurde. Die Hamburger Kriegsflotte würde ihn befreien! Gleich ging es ihm viel besser, als er sich die vielen Hamburger Soldaten und die Angst in Störtebekers Gesicht vorstellte! So hochmütig und mitleidlos hatte es auf Albrecht herabgesehen! Sie würden Störtebeker töten. Alle Seeräuber sollten tot umfallen, getroffen von der Rache der Hanse! Und dann wollte er Herrn Holter schon seine Waren unversehrt zurückbringen. Stine müsste ihm folgen, zurück zur Mutter!
Als sie Kinder gewesen, war immer Albrecht Stine gefolgt. Aber nun war er ein Mann geworden und wollte sich vor nichts mehr fürchten! Trotzdem wurde Albrecht unsicher. »Ohne Klaus Störtebeker komme ich niemals nach Hamburg zurück.« Das hatte Stine gesagt. Sie glaubte eben, dass Störtebeker ihr Vater war. Und wenn Stine sich was in den Kopf gesetzt hatte, brachte niemand sie davon ab. Eher würde Stine an Störtebekers Seite kämpfen und sich von den Hansesöldnern erschlagen lassen, als mit Albrecht zu gehn. Er musste sie vor ihrem eigenen Starrsinn retten – nur wie?

An Deck waren Piraten und Hamburger beim Feiern. Auch diesmal zeigte Klaus Störtebeker seine Kunststücke: den mächtigen Becher leeren, dicke Taue zerreißen, ein Schwert mit bloßen Händen verbiegen.

Stine wäre lieber mit dem Vater allein über Deck gegangen und hätte sich mit ihm die Sterne oben am Himmel angesehn und wie das Mondlicht sich unten im Wasser spiegelte. Sie wollte mit ihm über Albrecht und die Mutter und das Rittergut reden. Aber Klaus Störtebeker gehörte ihr eben nicht allein. Er musste seinen Hauptmannspflichten nachkommen. Dafür hatte sie Albrecht wieder! Der Bruder würde sich schon beruhigen! Dann wollte Stine ihm alles zeigen und erklären. Bestimmt würde ihm das Piratenleben gefallen! Sie hatten doch beide davon geträumt. Und nun waren sie beide darin angekommen. Stine schniefte.
Sie legte ein Stück Schinken und etwas Zwieback aus der Vorratskammer in einen Korb und packte eine Schafwolldecke dazu. Den Korb zog sie hoch ins Krähennest. Oskar hatte die Flügel zusammengelegt und den Schnabel in die Federn gesteckt. Er grummelte nur leise, als sich Stine zu ihm legte.
Der Mastkorb war ihr der liebste Platz auf der ganzen Welt. Sie rollte sich zusammen und steckte die Decke fest. Abwechselnd biss sie vom Schinken und vom Zwieback ab.
Der Mastkorb schaukelte mit dem Mast und der Mast mit dem Schiff und das Schiff mit der See. Der Sternenhimmel über Stine schaukelte auch.

23

Gerade erst war die Sonne aufgegangen. Trotzdem wärmte sie schon. Ein angenehmes Lüftchen wehte und das Schiff lag gut im Wind. Die Seeräuber standen an Deck. Sie schauten alle in eine Richtung. Am Horizont war ein Kirchturm zu erkennen. Dort musste Vlissingen sein, die holländische Stadt. Keine halbe Stunde mehr und sie würden anlegen können. Es kribbelte in ihren Beinen, solche Sehnsucht hatten sie nach einem Landgang! Seit April kaperten die Likedeeler vor der holländischen Küste und schädigten die Pfeffersäcke, so gut sie konnten. Sonst ging jeder Hauptmann für sich mit seinen Leuten auf Raubzug. Das war einfacher. Man konnte zuschlagen, wenn Beute in Sicht war, und musste sich nicht erst lange verständigen. Im Kampf gab es kein Durcheinander und beim Beuteteilen weniger Ärger. Aber in diesem Sommer hatte sich Störtebeker mit Gödeke Michels zusammengetan. Der kannte sich als Einziger im Meer vor Westholland aus.

Die Holländer wussten, dass die Likedeeler keine üblichen Seeräuber waren. Nie hatten sie einem einfachen holländischen Seemann ein Haar gekrümmt. Im Gegenteil! Die armen Kerle wurden reich beschenkt nach Hause zurückgeschickt. Nicht einmal der holländische Herzog hatte etwas gegen die Likedeeler. Ganz anders als die Hansen, als der König von England oder die Königin von Dänemark! Die verboten das Markthalten in ihren Städten. In Vlissingen dagegen war heute Seeräubermarkt!

Gödeke Michels' Schiffe segelten vornweg. Störtebekers Piratenholks folgten. Sie hatten drei gekaperte Handelsschiffe im Schlepptau, mit Waren schwer beladen. In kleinen schnellen Seglern hatten die Seeräuber Boten ausgeschickt, damit sich alle Bewohner der Stadt und ihrer Umgebung pünktlich zum Markttag versammelten.
Stine sah die Aufregung und Vorfreude in den sonnengebräunten Gesichtern der Männer. Und sie fand ihre Freunde trotz der Falten und Narben schön.
Ach, es ging ihnen wohl, so wohl – nur eben Albrecht nicht. Der war blass und schmal geworden und konnte einem Angst einjagen wie ein Gespenst. Nach seinen Wünschen hatte sie ihn gefragt, aber Wünsche hatte er nicht. Bis auf einen – der war merkwürdig genug: Er wollte eine Bibel haben! Wahrscheinlich war Albrecht verrückt geworden. Weil er ihr nichts erzählte, konnte sie auch nicht wissen, was ihm in der Zeit der Trennung passiert war. Schlimm musste es ihm jedenfalls ergangen sein, sonst hätte er nicht derart an Herrn Holter gehangen und wie ein Säugling nach ihm geschrien.
Seine Bibel hatte er nun. Stine war es gelungen, sie dem Magister Wigbold abzuschwatzen. Lange war das schon wieder her. Kurz bevor der Magister sich von Störtebeker und Gödeke getrennt hatte, um in anderen Gewässern auf Beutezug zu gehn.
Seither hielt sich Albrecht das dicke Buch vors Gesicht. Den ganzen Sommer über! Und was für ein Sommer das war! An Beuteschiffen hatte es nie gefehlt und damit nicht an gutem Essen. Mit Licht und Blau wurden die Piraten verwöhnt und mit einer sanftmütigen See. Auch an den milden Regentagen hatten sie Spaß. Sie stiegen aus den Kleidern und standen an Deck mit ausgebreiteten Ar-

men und offenen Mündern. Blank gewaschen und erfrischt waren sie nach dem Regen wie nach einem Bad. Aber das sah Albrecht ja nicht! Er sah nichts, nichts! Auch heute nicht!
Er sah nicht, wie die Schiffe in Vlissingen anlegten und wie herzlich die Likedeeler an Land empfangen wurden.
Er sah nicht, wie die Säcke, Fässer und Ballen aus dem Bauch der Schiffe gehievt und auf Fuhrwerke geladen wurden.
Die Pferde waren mit Blumen und bunten Bändern geschmückt. Überall wehten Fahnen und klangen Maultrommeln und der Brummbass. Die Vlissinger begleiteten den Seeräuberzug vom Hafen zum Marktplatz.
»Heraus! Heraus!«, riefen sie den Leuten zu, die noch drinnen in den Häusern waren.
»Klaus Störtebeker ist da! Die Likedeeler halten Markt!«
Auf dem Marktplatz waren Stände, Tische und Bänke aufgebaut. Mächtige eiserne Kessel hingen über Feuerstellen. Aus dem einen duftete die Aalsuppe, aus dem anderen heiße Bohnen und aus dem dritten Brühe mit dicken Fleischstücken darin.
»Schüsseln! Wir brauchen Schüsseln!«, rief ein Pirat.
»Leere Schüsseln gibt's auf dieser Welt mehr als genug!«, schrie Krummsäbel von einem Fuhrwerk herunter. »Schüsseln! Schüsseln und Näpfe für alle!«
Und tatsächlich flogen auf der Stelle Schüsseln durch die Luft. Da waren welche aus Holz und andere aus Kupfer, Messing oder gar Silber gefertigt. Wieder andere waren von Ton, und wurden sie nicht gefangen, zersplitterten sie auf dem Kopfstein des Marktplatzes. Piraten und Vlissinger drängten sich um die Bottiche und hielten ihre Schüsseln hin.
Als die Bäuche voll waren, besetzten die Seeräuber eilig

die Stände und füllten Tische und Regale mit Kostbarkeiten aus aller Herren Länder.
»Kauft, ihr lieben Leute, kauft!«
»Kommt hierher, für meine Freunde mache ich den halben Preis!«
»Greift zu, geht nicht vorbei, so günstig wie bei mir kauft ihr nicht wieder!«
Wie geübte Händler priesen sie ihre Waren an: Hausrat und Kleider, Ziegen, Schafe und Federvieh, Schinkenfleisch und Fisch, getrocknete Kräuter und Gewürze, Pelze, Leder, Schmuck, Fässer gefüllt mit Bier, Honig, Reis, Talg und Teer.
Der Narbige legte einer jungen Frau ein seidenes Tuch um die Schulter.
»Das schenk ich dir!«, sagte er.
Das Mädchen lächelte ihn an. Es machte sich nichts aus seinem wilden Aussehen und der blauen Narbe.
Ja, die holländischen Mädchen gefielen den Piraten! Ihre langen weißen Schürzen, die weißen Häubchen, die klappernden Holzpantinen, ihre blauen Augen und blonden Haare.
Krummsäbel ließ ihnen von Racker Kunststücke vorführen. Der kleine bunte Hund stellte sich auf die Hinterbeine und drehte sich im Kreis. Er sprang in die Luft und landete nach einem Überschlag. Er setzte über einen Tisch mit Töpferware, ohne ein Stück zu zerschlagen. Die Mädchen freuten sich und lachten, und Krummsäbel lachte selbst am lautesten mit.
Überall waren nur vergnügte Menschen. Erst recht gegen Abend, als die Seeräuber verschenkten, was noch an ihren Ständen übrig war.
Aber auch das sah Albrecht nicht. Er war unten im Hafen

geblieben und hockte im Beiboot. Sicher steckte er den Kopf wieder in die Bibel. Und vor lauter Bibellesen verpasste er, wie in die holländische Stadt mit den Likedeelern ein Stück vom Paradies gekommen war!

Als es dunkel wurde, leuchteten auf dem Markt hier und da Feuer, und Lampen wurden aufgestellt. Eine Fidel ertönte, die Harmonika nahm ihre Melodie auf. Die Leute rochen nach Bier, sobald man ihnen nahe kam, und das war eigentlich immer, denn das Gedränge wurde dichter und lustiger. Männer und Frauen packten sich bei den Schultern und Hüften und sprangen und tanzten nach der Musik. Mitten unter den Tanzenden stand Klaus Störtebeker. Wie ein Mast überragte er alle und sein helles Haar hob sich ab von der Dunkelheit. Er hatte eine von den langen holländischen Tonpfeifen erhandelt. Die rauchte er und sah sehr zufrieden aus.
Wenn Albrecht doch hier wäre! Heute Nacht müsste er seine schlechte Meinung ändern und Stines Vater achten! Er hatte es geschafft, der großen Welt mit ihren Ungerechtigkeiten und ihrem Elend eine kleine gerechte, fröhliche Welt abzuringen.
Das wollte Stine ihm sagen! Das sollte Albrecht endlich begreifen!
Sie lief hinunter zum Hafen, stieg zu Albrecht ins Boot und legte los. Sie redete ohne Pause. »Gib zu, dass Vater ein großer Mann ist!«, sagte sie zum Schluss.
Es war still. Bis auf die Wellen, die leise gegen die Bootswand schlugen. In der Dunkelheit konnte sie Albrechts Gesicht nicht richtig erkennen. Nur seine Augen und die zusammengewachsenen Augenbrauen hoben sich schwarz von seiner hellen Haut ab.

»Du redest wie ein kleines Kind, Stine!«, sagte Albrecht. »Dein Vater, der Held der Armen! Dabei ist er wie jeder andere Räuber auf seinen Vorteil bedacht. Er hat ohnehin nur mit der Seeräuberei angefangen, weil es ihm unser Herzog Albrecht von Mecklenburg erlaubte! Das weiß heute jeder, und ich habe es von Herrn Holter. Der Herzog hatte die gute Idee, Piraten im Kampf gegen die dänische Königin einzusetzen. Die dänischen Schiffe sollten sie ausrauben und durften die Waren in den Ostseestädten verkaufen. Vitalienbrüder nannten sich damals die Piraten. Frag mal deinen Vater, wie viele dänische Soldaten er im Krieg getötet hat! Die armen Kerle, die in den Krieg gezwungen wurden, taten ihm kein bisschen Leid! Dein Vater ist ein Räuber und Mörder. Und er dient dem, der ihn bezahlt. Auch wenn das ein reicher Herzog ist.«
Das sagte Albrecht und Stine blieb der Mund offen stehen. Denn seit der Bruder wieder bei ihr war, hatte er nicht so viel gesprochen. Erst nach einer Weile konnte sie bedenken, was er da überhaupt gesagt hatte. Unsinn war es! Sie sah Albrecht mitleidig an. Er war tatsächlich verrückt geworden.
»Ach Albrecht«, sagte sie und legte die Hand auf seine Schulter. »In deinen Gedanken steht alles auf dem Kopf. Da wird einer, der für die Armen kämpft, zum Diener der hohen Herrn! Wie sollte das möglich sein, überleg doch selbst!«
»Und wie soll es möglich sein, dass ein Seeräubermarkt, auf dem mit gestohlener Ware gehandelt wird, unter dem Schutz des holländischen Herzogs steht?«
Stine konnte mit der Frage nichts anfangen und sah Albrecht abwartend an.
Der fuhr auch gleich fort: »Weil der Holländer die Ham-

burger Hanse schwächen und selbst mächtiger sein will. Und was macht die Hanse stark? Der Handel. Wenn der Handel gestört wird, kann er der Hanse schweren Schaden zufügen. Also unterstützt er euch Räuber. Einen Krieg anzuzetteln, das traut sich der Feigling nicht. Ihr macht die schmutzige Arbeit für ihn und seine Hände bleiben sauber.«

»Na und«, sagte Stine. Sie sprach leise, aber es klang gefährlich. »Dein Herzog mag sich ausrechnen, was er will. Trotzdem konnten sich die armen Leute heute auf dem Markt billig bedienen.«

»Heute ist es ihnen einmal gut gegangen. Morgen nutzt ihnen das nichts. Und übermorgen schon gar nicht. Nämlich wenn es gar keinen Handel mehr gibt auf See! Deine Seeräuber werden dann dumm aussehen! Nichts zu rauben, rein gar nichts!«

»Wie meinst du das?«

»Die Kaufleute lassen ihre Handelsschiffe nicht auslaufen. Sie verlieren auf der Fahrt ja doch nur ihren ganzen Besitz. Da nehmen sie eben wieder den Landweg. Das dauert länger und macht die Waren teurer. Das schadet nicht den Reichen, das trifft zuerst den kleinen Mann. Ihr nennt euch Gleichteiler, aber in Wirklichkeit seid ihr das Unglück der armen Leute.«

»Genug«, sagte Stine und stellte sich vor Albrecht auf. Sie zerrte ihn hoch, dass sie Nase an Nase standen, packte Albrecht bei den Ohren, drückte seinen Kopf nach hinten und schlug ihn dann mit Schwung wie einen Hammer gegen ihren. Stine und Albrecht sahen sich an. Ihre Nasen bluteten.

»Los, wehr dich!«, rief Stine und hieb mit der Faust nach Albrecht.

Aber Albrecht wehrte sich nicht. Er duckte sich auch nicht und lief nicht davon. Das machte Stine rasend. Sie schlug auf Albrecht ein. Plötzlich wurde sie nach hinten gezogen.
»Genug, Stine!«, sagte Gödeke Michels.
»Weißt du, was er behauptet?«, rief Stine.
»Was auch immer – es ist Sache des Hauptmannes, zu richten und zu strafen. Also geh zu deinem Vater«, sagte Gödeke.
Stine schniefte.
Gut, sie wollte zu ihrem Vater. Aber vorher spuckte sie Albrecht noch vor die Füße. Wie sie es von Krummsäbel gelernt hatte!

24

Die Likedeeler wären gern länger in Vlissingen geblieben. Aber Störtebeker und Gödeke befahlen sie an Bord. Es wurde Zeit, sich um die Schiffe zu kümmern. Das monatelange Kreuzen auf See hatte sie ramponiert. Die Helgoländer würden ihnen helfen beim Segelflicken und Zimmern und Teeren. Auf der Schatzinsel lag noch reichlich Beute. Die musste auf die Schiffe verladen werden. Im November wollten sie wieder in Marienhafe Winterquartier nehmen und dort den Wintermarkt halten.
Der Wind stand günstig, die Segel wurden gehisst.
»Auf nach Helgoland!«, rief Klaus Störtebeker.
»Nach Helgoland!«, tönte es von Gödekes Schiff herüber.
Stine lag in Vaters Koje, die Hände hinterm Kopf verschränkt, und starrte an die Decke.

»Geht es dir nicht gut, Tochter?«, fragte Störtebeker. Er legte ihr die Hand auf die Stirn.
Stine hatte kein Fieber.
»Dein Bruder macht dich krank«, sagte er. »Eine Hose ist ein einfacheres Geschenk und hat dir doch mehr Freude gemacht.« Er seufzte. »Was hältst du davon, Albrecht mit der nächsten Hamburger Hansekogge zu diesem seltsamen Pfeffersack zurückzuschicken? Ich wollte dich glücklich sehn und nicht sein Unglück und nun deines noch dazu!«
Klaus Störtebeker setzte sich zu ihr. »Albrecht ist nicht wie du. So geht es uns oft mit den Menschen, die uns am liebsten sind. Dass sie anders empfinden. Dass sie nicht dasselbe lieben oder hassen wie wir.«
Stine setzte sich auf. »Ich muss dir etwas erzählen, Vater«, sagte sie. »Es ist etwas Schlechtes über dich. Ich hab es von Albrecht, aber ich glaube es nicht. Er lügt. Trotzdem kann ich nicht vergessen, was er gesagt hat.«
»Sprich es aus!«, sagte der Vater.
Ruhig hörte er Stine an.
»Albrecht hat nicht gelogen«, sagte er, als Stine ausgeredet hatte. »Ich stand einmal im Dienst von Herzog Albrecht von Mecklenburg. Er rief zum Kaperkrieg gegen die dänische Königin auf.«
»Aber wieso hast du mitgemacht? Was geht dich dieser Herzog an!«
»Ich brauchte Arbeit«, sagte der Vater. »Es gab keine andere für mich. So ging es doch allen meinesgleichen! Die entlaufenen Leibeigenen sammelten sich in den Städten und hofften auf Freiheit und Brot. Aber niemand brauchte sie. Die Pfeffersäcke wurden immer mächtiger und die adligen Herren hatten immer weniger zu sagen. Ihnen blieb oft nur, als Raubritter durchs Land zu ziehen

und sich unbeliebt zu machen. Für uns alle war es ein Glück, dass der Herzog uns im Krieg gegen Dänemark brauchen konnte. Plötzlich war die Seeräuberei nichts Schlechtes mehr. So sind die hohen Herren eben: Löblich ist, was sie loben, und verurteilt, was sie verachten. Der Herzog gab jedem Piratenhauptmann einen Stehlebrief. Wenn wir den vorzeigten, mussten uns die Hansestädte erlauben, Markt zu halten. Auch die schwedische Stadt Stockholm versorgten wir mit Lebensmitteln. Die Dänenkönigin hielt sie belagert. Die Stockholmer sind uns bis heute dankbar, dass wir sie vorm Hungertod gerettet haben. Wir sind nicht mehr die armen Kerle! Wir sind anerkannt, sorgen für uns selbst, haben eigene Schiffe und leiden keine Not.«

»Und hast du getötet?«

»Das musste ich. Anders ist ein Krieg nicht zu gewinnen.«

»Und haben dir die armen dänischen Soldaten nicht Leid getan?«

»Manchmal taten sie mir Leid. Aber zuerst dachte ich an mich. Ich hatte Angst, selbst getötet zu werden.«

»Und jetzt kaperst du für den holländischen Herzog, sagt Albrecht.«

»Der Herzog Albrecht von Mecklenburg und die dänische Königin schlossen Frieden. Die Stehlebriefe sollten nicht mehr gelten und die Seeräuberei ein Ende haben. Die Edelleute und Ritter standen wie zu allen Zeiten unter des Herzogs Schutz. Ihnen durfte kein Haar gekrümmt werden. Wir niederes Volk dagegen waren gefährlich dran. Außerdem hatten wir nichts als das Seeräuberhandwerk gelernt. Das aber richtig! Und unsere eigene Ordnung hatten wir uns geschaffen. Wir wollten nicht zurück in die alte Welt!«

»Wart ihr da schon Likedeeler?«
»So ist es. Bei uns ging es gerecht zu. Damit wäre es vorbei gewesen, wenn wir das Piratenleben aufgegeben hätten. Wir mussten uns eben neue Herren suchen, denen wir nützlich sein konnten. Den holländischen Herzog zum Beispiel, genau wie Albrecht gesagt hat. Der fürchtet die starke Hanse und er schädigt sie, wenn er uns in seinen Städten Markt halten lässt. Er hat uns auch Helgoland zur Schatzinsel gegeben.
Glaubst du, Keno tom Brok ist aus reiner Menschenliebe uns gegenüber so gastfreundlich? Er braucht uns, weil er Streit mit seinem Onkel hat. Der ist Häuptling wie er, aber keiner erkennt den anderen an. Wenn wir mit Keno tom Brok unsere Beute teilen, machen wir ihn stärker und schwächen den Onkel. Und weil die Friesen nicht nur zwei, sondern eine ganze Menge Häuptlinge haben, finden auch Gödeke und Wigbold mal diesen, mal jenen, mit dem sie sich zusammentun können.«
»Aber macht ihr die Feindseligkeiten unter den Friesenhäuptlingen dadurch nicht schlimmer?«
»Mag sein. Das geht uns nichts an. Die Friesen lassen sich schließlich freiwillig mit uns ein! Wir nutzen nur die Gelegenheiten, die sie uns geben.«
»Trotzdem, aller Welt Feind seid ihr nicht. Ihr verbündet euch mit jedem, der euch nützlich ist. Das dürfen Gottes Freunde nicht.«
Da war sich Stine sicher, auch wenn sie noch nie in der Bibel gelesen hatte. Aber sie kannte die Zehn Gebote und die Mutter hatte ihr von Gott erzählt. Ein Gottesfreund durfte die Streitigkeiten von anderen nicht zu seinem eigenen Vorteil ausnutzen!
»Du wirst schon selbst merken, dass die Welt ist, wie sie

ist.« Der Vater legte den Arm um Stines Schulter. »Ob einer nun Herzog, Kaufmann, Leibeigener, Tagelöhner, Bauer oder Handwerker ist – jeder sieht zu, wie er sich darin zurechtfindet. Die Schuld, die er dabei auf sich lädt, muss er vor sich und Gott allein büßen. Das betrifft uns Piraten genauso.«

Stine schwieg. Was der Vater erzählte, gefiel ihr nicht.

»Verachtest du mich dafür?«

»Ich dachte, du bist anders als die andern Menschen.« Stine sah den Vater an. »Aber du denkst auch zuerst an dich.«

»Eines kann ich dir immerhin zu meiner Verteidigung sagen«, sagte Klaus Störtebeker. »Dass wir Likedeeler unbesiegt sind und es so treiben, wie du es erlebst, hat seinen Grund nur in der Unterstützung, die wir beim Volk finden. Also können wir nicht so unrecht sein, wie es dir scheint, oder?«

Der Vater war aufgestanden und versuchte, sich ein festes Aussehen zu geben. Aber seine Stimme zitterte. »Willst du immer noch meine Tochter sein?«

Da sprang Stine auf und drückte sich an ihn.

»Ich bin kein Held, Stine, sondern ein schwacher Mann«, sagte der Vater.

Sie hörte, wie die Worte nicht nur aus seinem Mund kamen, sondern in seinem Leib summten und brummten, denn ihr Kopf lag mit dem Ohr an seiner Brust.

»Red weiter!«, sagte sie und drückte ihr Ohr fester an den Vater.

»Schwerter verbiegen, Seile zerreißen, Bier in Mengen kippen – das sind keine Heldentaten, das ist Kinderkram. Trotzdem hat es mir unendlich wohl getan, dass du in mir einen Helden gesehn hast. Ich hätte eher mit dir über das alles reden müssen. Verzeih mir.«

»Es ist meine Schuld«, sagte Stine. Sie ließ den Vater los. »Immer wieder träume ich mir was zusammen. Mit Albrecht mache ich den gleichen Fehler. Ich zwinge ihn, bei uns zu bleiben, bloß weil ich es mir schön vorgestellt habe. Ich geh jetzt zu ihm. Wenn er nach Hamburg zurückwill, geben wir ihn frei.«

»Dann müssen wir alsbald einen Hamburgfahrer kapern, Stine Pirat«, sagte Klaus Störtebeker. Er lächelte seine Tochter an.

Stine lächelte auch wieder.

»Wie gut, dass mein Vater ein Pirat ist und was von seinem Handwerk versteht«, sagte sie.

25

Die Piraten und die Friesen standen gemeinsam in der Marienkirche und hörten die Weihnachtspredigt. Albrecht sah zu Stine hinüber. Eben kniete sie sich mit der Gemeinde nieder. Klaus Störtebeker kniete neben ihr.

Nie hätte Albrecht gedacht, dass ein Pirat in ein Gotteshaus gehen könnte, um zu beten.

Nie hätte er gedacht, dass die stolze Stine jemanden um Verzeihung bitten würde. Sie hatte es getan. Sie war zu ihm gekommen, ganz anders als sonst – nicht wild, nicht fordernd. Sie gab ihm sein Recht. Ach, er hätte sie am liebsten umarmt! Und dann gemeinsam in einem dunklen Winkel verschwinden! Wo keiner dieser schrecklichen Piraten sie finden konnte! Und sich endlich alles, alles erzählen! Nichts dergleichen hatte er getan. Er hatte geschwiegen und nur heftig den Kopf geschüttelt, als sie ihn gefragt, ob er sich nach Hamburg zurückwünschte. Eine Weile hatte sie still bei ihm gesessen und war dann gegangen. Er merkte, wie traurig sie war. Seither wich sie ihm aus. Sie glaubte wohl, dass er nichts mehr von ihr wissen wollte, weil er kein Wort zu ihr sprach. Aber er wollte sie retten.

Lange hatte er nicht gewusst, wie. Er hatte sich in die Bibel versenkt und im Gebet Rat gesucht. Die Mönche hatten es ihn ja gelehrt: Geduld haben! Und eines Tages wurde er belohnt. Wie eine Erleuchtung war ihm der Gedanke gekommen. Da Stine ihm nicht freiwillig folgen würde, musste er sie entführen! Wenn die Schiffe erst wieder hinaus auf See konnten, würde er eine Gelegenheit zur Flucht finden und Stine mitnehmen. Jedenfalls mussten sie Störtebeker verlassen haben, bevor die Hamburger Flotte kam! Und das konnte bald sein! Seit dem Beschluss der Hansen im Hamburger Rathaus war fast ein Jahr vergangen. Albrecht hatte Angst. Er dachte nicht mehr an seine Befreiung. Stines Schicksal lag in seiner Hand.

Der Priester sprach den Segen. Die Betenden erhoben sich wieder.

Albrecht blieb auf den Knien. Am Tag des Herrn erneuerte er sein Schweigegelübde. Nur wenn er schwieg, konnte sein Plan gelingen. Unter den Piraten machte ihn das Schweigen unsichtbar. Sie schenkten ihm so wenig Beachtung, dass er ihnen bei jeder Schiffsarbeit zusehen, sie bei jeder seemännischen Unterredung belauschen konnte. In aller Stille hatte er ihnen abgeguckt, wie ein Beiboot seeklar gemacht wird. Keiner von ihnen schöpfte Verdacht. Auch Stine nicht. Denn weil er unerschütterlich schwieg, wusste sie nichts von seinen Gedanken.

Die heilige Messe war zu Ende. Die Piraten verließen die Kirche. Keiner kümmerte sich darum, dass Albrecht zurückgeblieben war. Auch Stine nicht. Nicht ein einziges Mal hatte sie zu ihm hingesehn.
Was sie wohl von ihm denken mochte? Wie ein trotziges Kind schwieg er seit Wochen. Vielleicht redete sie manchmal mit ihrem Vater und den Piraten über ihren merkwürdigen Bruder. Und dann lachten sie ihn aus. Nur einer würde nicht mitlachen: Gödeke Michels. Der stand auf Albrechts Seite. Nicht nur damals im Vlissinger Hafen, als Stine auf ihn eingeschlagen, hatte Gödeke ihn beschützt. Wenn die Seeräuber ihn foppten, ging er dazwischen. Und hielt er sich in Marienhafe auf, kam er zu Albrecht in die Stube, setzte sich zu ihm und blieb manche Stunde einfach so bei ihm sitzen, obwohl Albrecht auch mit ihm nicht sprach. Aber Gödeke war eben nur selten da. Er wohnte mit seinen Leuten auf dem Schloss Loquard und der Weg von dort nach Marienhafe war im Winter beschwerlich.
Scharf blies der Wind, als Albrecht aus der Holzkirche trat. Ein feiner Regen stach ihn mit tausend Nadeln ins Gesicht. Er stieg auf Zehenspitzen um die Pfützen, die breit waren wie die Gassen selbst. Trotzdem wurden seine Füße nass. Unterwegs begegnete er keinem Menschen. Die Friesen und Piraten tranken gemeinsam Punsch am warmen Feuer oder schliefen längst. Stine lag bestimmt in der Kammer, die sie mit dem Vater teilte. Sie war nicht allein.
Albrecht war allein. In der Burg von Keno tom Brok traf er nur auf die Wachen. Die waren sogar zu müde für einen Gruß. Albrecht suchte seine Kammer auf. Unter einem Berg von Decken und Fellen rollte er sich zusammen und wurde doch nicht warm.
Wie gut, dass er bei den Mönchen gelernt hatte, abzu-

warten und durchzuhalten. Dieser schreckliche Winter musste einmal ein Ende haben!
Es war dunkle Nacht. Aber Albrecht sah die Sonne und ein ruhiges Meer und auf dem Meer ein Boot und in dem Boot Stine und sich selbst. Sie saßen beieinander und Stine lachte ihn an. Sie war ihm nicht böse, dass er sie entführt hatte. Das war einfach ein neues Abenteuer! So war Stine eben. Albrecht liebte sie.

»Es hat geschneit! Albrecht, es hat geschneit!«
Stine stürzte in seine Kammer. Sie freute sich wie als kleines Mädchen auf dem Rittergut. Kaum sah sie ihn, wurde ihr Gesicht ernst.
»Ach Albrecht ...«, sagte sie und blieb vor ihm stehn und sah auf ihre Füße. »Ich wollte mit dir hinaus in die Sonne. Vater nimmt uns auf einen Spaziergang mit. Na ja ...«
Albrecht wäre am liebsten aufgesprungen und hätte ihr gesagt, wie er sich freute ... Aber er durfte sein Schweigegelübde nicht brechen. Wenn er erst zu reden anfing, würde er bestimmt nicht mehr damit aufhören können und zuletzt noch sein Geheimnis verraten. Sogleich sah er sich mit ihr in dem großen Bett der Mutter hinter geschlossenen Vorhängen die geheimsten Träume und Gedanken austauschen.
Die Stine in seiner Kammer dagegen drehte sich um und ging von ihm fort. Da sprang Albrecht auf, warf sich den Mantel über und folgte ihr.

Weit war das Friesenland, ohne eine Erhebung, und noch weiter machte es der Schnee, der Busch und Baum, jeden Stein und selbst die steilen Grasdächer der Friesenhäuser bedeckte.

Stine riss ihren Mantel auf und die Mütze vom Kopf und lief in das Glitzern hinein, so schnell es der Schnee erlaubte.
Bis zu den Knöcheln versank Albrecht darin. Er versuchte, seine Füße in Stines Tritte zu setzen, aber das war schwierig, denn Stine tat die unmöglichsten Sprünge, schlug Haken und stelzte wie ein Huhn.
»Und so ... und so ... und so!«, rief sie und zirkelte mit ihren Schritten seltsame Figuren.
Krummsäbel und der Narbige stießen mit den Stiefelspitzen in den Schnee, dass er hoch aufstob ins Sonnenlicht.
»Bleibt, wo ihr seid!«, schrie Stine sie an.
Auf keinen Fall erlaubte sie, dass einer von ihnen sie überholte. Sie wollte unbedingt die erste Spur in dem unberührten Weiß hinterlassen. Alle gehorchten ihr, sogar der Vater, nur einer nicht: Racker. Der kleine Hund flitzte los und an Stine vorbei.
»Halt!«, rief sie und »Zurück!«
Racker dachte nicht daran! Er rollte sich im Schnee, wühlte mit der Nase und den Pfoten darin herum.
»Du machst alles kaputt, verrückter Hund!«, sagte Stine.
Sie wollte ihn fassen, da sträubte Racker sein Rückenfell.
Er kläffte laut. Nun sahen sie alle die Reiter.
»Das kann Keno tom Brok sein«, sagte Klaus Störtebeker.
»Er war am Hafen. Sein Kaplan Almer soll aus Lübeck zurück sein.«
Schnell waren die Reiter heran. Ihre Pferde dampften von dem Ritt und das graue Haar von Keno tom Brok klebte schweißnass an der Stirn. Seine Begleiter waren junge Männer mit langen blonden Haaren, in Pelz gekleidet. An der linken Seite trug jeder ein Schwert in einem Fellfutteral. Nur einer war unbewaffnet, hatte ein Gewand aus

Tuch und darüber einen knielangen Umhang von schönstem wärmenden Pelz. Das war der Kaplan Almer.
»Schlechte Nachrichten, Störtebeker«, sagte Keno tom Brok.
Er sprang vom Pferd, ging zu ihm und drückte ihn an sich.
»Das war zum Abschied«, sagte Keno tom Brok, als er Störtebeker wieder freigab.
Störtebeker verstand ihn nicht. Auch Krummsäbel nicht, nicht der Narbige und Stine nicht. Das sah Albrecht ihnen an. Sein Herz schlug, dass er meinte, es festhalten zu müssen. Er drückte die Hand auf die Brust. Sollte es schon losgehen? Damit hatte er nicht gerechnet. Stine, dachte er. Stine! Rasch trat er neben sie und nahm ihre Hand.
»Das Schlimmste konnte ich für unsre Leute verhindern, Störtebeker«, sagte der Kaplan.
Er saß als Einziger immer noch hoch zu Ross, hatte aber Mühe, sein Pferd ruhig zu halten. »Die Gesandten sind sich alle gegen dich einig.«
»Was für Gesandte?«, fragte Störtebeker.
»Das müsstest du eigentlich wissen. Soll ich sie dir alle einzeln aufzählen? Von mir aus! Die aus Hamburg, Bremen, Stralsund, Rostock, Wismar, Elbing, Kampen, Deventer – ja und aus Zutphen und aus Harderwyk.« Er zählte sie an den Fingern ab. Alle Finger brauchte er dafür. »Und die aus Lübeck selbst natürlich«, setzte er hinzu, als kein Finger mehr für Lübeck übrig war.
»Und was wollen sie von mir?«
»Dir an den Kragen«, sagte Kaplan Almer.
»Das ist nichts Neues«, sagte Klaus Störtebeker.
»Dein Hochmut bringt uns den Krieg«, sagte der Kaplan. »Vorerst konnte ich ihn abwenden. Unter der Bedingung, dass ihr das Land verlasst. Darauf musste ich schwören.«

»So ist es, Klaus«, sagte Keno. »Ich kann euch in Zukunft kein Winterquartier mehr geben.«
Die beiden Männer schwiegen. Sie dachten daran, wie lange sie sich kannten, wie vorteilhaft die Friesen auf dem Wintermarkt der Likedeeler sich hatten versorgen können und wie freundlich die Likedeeler von den Friesenfamilien aufgenommen worden waren.
Auch der Kaplan dachte daran. Er war kein Gegner der Piraten. Aber er hatte den Eid gegen sie ablegen müssen, um sein Volk vor den Überfällen der Hanse zu schützen.
»Freunde«, sagte Störtebeker.
Allein stand dieses Wort da nach der Stille und er ließ ihnen Zeit, es zu bedenken.
»Wir sind stark genug, um uns von den Hansen nicht erpressen zu lassen. Warum die Gemeinsamkeit aufgeben? Warum sie nicht nutzen? Lasst uns zusammen kämpfen!«
»Und was soll aus unseren Frauen und Kindern werden?«, fragte der Kaplan. »Du nennst uns Freunde, aber ihr seid doch Fremde. Wir leben seit Generationen hier. Ihr seid hier im Winter, schaut im Sommer kurz vorbei und macht euch wieder fort – wie es euch passt. Warum sollten unsre Leute für euch sterben? Ihr habt bei uns kein Haus gebaut, kein Land bestellt, keine Wurzeln geschlagen. Euch kann es gleich sein, wenn die Dörfer und Städte in Feuer aufgehen.«
»Wir lassen die Soldaten gar nicht erst an Land kommen«, sagte Störtebeker. »Wir fangen sie auf offener See ab. Auf See sind wir die besten Kämpfer!«
»Nein, Störtebeker«, sagte Keno tom Brok. »Auf einen offenen Kampf mit den Hansestädten lassen wir uns nicht ein. Dazu sind wir Friesen untereinander zu uneins. Wir haben genug mit uns selbst zu schaffen und sind froh,

wenn uns die Hansen fernbleiben. Ja, so eine gut beladene Hansekogge, die können sie uns hin und wieder auf einer Sandbank liegen lassen …« Er grinste und sah in die Runde, als sei alles eigentlich nur ein Scherz.

Die jungen Männer grinsten auch. Wie dumm sie sind, dachte Albrecht. Und als er zu Klaus Störtebeker hinüberschaute, der weiterhin mit ernstem, bleichem Gesicht das ganze Ausmaß der Botschaft zu erfassen suchte, fühlte er etwas – was? Wenn es ein anderer Mensch und nicht Klaus Störtebeker gewesen, der dieses Gefühl in ihm ausgelöst, hätte er schon einen Namen dafür gewusst: Mitleid.

»Kommt zu mir auf eine Flasche Kornbrand, Klaus!«, sagte Keno tom Brok. »Ihr müsst ja nicht auf der Stelle packen! Was wissen die in Lübeck, ob ihr bei uns oder anderswo seid!«

»Vor dem Mai zeigt sich bestimmt keiner von ihnen in Marienhafe«, sagte der Kaplan.

Seine Stimme klang freundlicher.

Albrecht war erlcichtert. Es blieb noch Zeit. Stine war nicht verloren! Er drückte ihre Hand ganz fest. Stine gab den Druck zurück.

»Bis März bleibt ihr hier, wie wir es immer gehalten haben«, sagte Keno tom Brok. »Über den Sommer sucht ihr euch ein neues Winterquartier. Die Freundschaft kündigen wir uns darum nicht auf! Ihr kommt und haltet mit uns Markt, wenn nicht gerade die Hanse in der Nähe lauert. Los! Lasst uns was trinken! Machen wir das Beste draus!«

Er sprang auf sein Pferd. Bevor er mit seinen Männern und dem Kaplan davonritt, winkte er ihnen noch einmal zu.

Klaus Störtebeker hob auch die Hand, wie um Keno tom Brok sein Einverständnis zu zeigen. Aber er ließ sie gleich wieder sinken.
»Wir gehören niemandem an und nirgendwohin als auf die See«, sagte er zu seinen Piraten. »Nun bleibt uns nur noch Helgoland.«

26

Der Wind trieb die Schiffe der Piraten von der Küste Ostfrieslands fort. Schnell waren die leichten Holks und gut in Schuss. Jeder Seemann hätte Freude an der flotten Fahrt gehabt. Den Likedeelern aber war das Herz schwer. Manche von ihnen wären am liebsten für immer bei den Friesen geblieben.
Zwar waren sie es gewohnt, mit einer ungewissen Zukunft zu leben. Mal ging es ihnen eben besser, mal schlechter. Aber nun hatten sie die bange Ahnung, dass es nur noch schlechter werden würde. Wenn sogar ihr alter Kumpan Keno tom Brok nicht mehr wagte, sie bei sich aufzunehmen!
Störtebeker, Gödeke und Wigbold hatten Rat gehalten. Es war ihnen nichts Schlaueres eingefallen, als sich auf Helgoland zurückzuziehen. Was sollte im kommenden Winter werden? In Zelten konnten sie dann nicht wohnen. Die Hütten der Helgoländer waren zu klein, um auch noch Likedeeler zu beherbergen. Und sich selbst Häuser zu bauen, dafür waren sie nicht geschaffen! Sie waren nun mal Piraten! Noch dazu viele!

Auf dem weiten Meer, in ihren überschaubaren Schiffsmannschaften, kamen sie miteinander aus. Aber auf einem engen Inselchen den ganzen Winter zuhauf – da würde es Streit geben! Wie viele Leute auf Helgoland lebten, hatten sie nie gezählt. Jedenfalls meinten sie, es könnten weniger sein, als im Winter von nun an dort Piraten zusammenkämen. Die Helgoländer waren ärmer dran als die Friesen. Kaum dass sie selbst im Winter genug zum Beißen hatten, da konnten sie nicht noch abgeben.
Der Magister erzählte den Piraten von einem fernen, warmen Land. Dort war immer Sommer und die süßen Früchte hingen das ganze Jahr über an den Bäumen. Das Land wäre ihnen recht gewesen! Nur wusste der Magister nicht, wo es zu finden war.
»Was soll das Grübeln! Lasst uns später weitersehen! Erst mal wird Sommer!«, hatte Klaus Störtebeker zum Schluss gesagt.
Aber vom Sommer merkten sie nichts. Eisig war die Luft, es regnete oft.
Magister Wigbold war mit seinen Leuten auf und davon. »Wenn ihr das Sommerland gefunden habt, gebt uns Nachricht!«, hatten sie zum Abschied gesagt.
Gödeke fuhr noch mit ihnen. Heute hatte er sein Schiff verlassen und sich rüber auf Störtebekers bringen lassen. In der Hauptmannskajüte saßen sie zusammen und hielten Rat. Fünf Mal schon war Krummsäbel unter Deck gegangen und hatte sein Ohr an die Tür gelegt, aber trotzdem nichts erfahren.
»Wenn du wissen willst, was sie besprechen, geh zu ihnen hinein!«, sagte Stine. »Ihr habt sie gewählt, sie müssen euch Rede und Antwort stehen!«
»Was weißt du schon«, brummte der Narbige.

»Ach, so wichtig ist es auch wieder nicht«, sagte Krummsäbel. »Geh du doch zu ihnen und frag! Du bist die Hauptmannstochter!«
Stine wollte eben gar nicht wissen, was die beiden Männer berieten. Das würde ihr bestimmt nur die gute Laune verderben! Lieber stand sie an der Reling und hielt Ausschau nach Seehunden und Möwen. Vielleicht zeigte sich eine Hansekogge ... Wenn es erst ans Beutemachen ging, würden die Piraten wieder guter Dinge sein!
»Was ist das?«, rief sie plötzlich.
Sofort war Albrecht bei ihr. Obwohl er kein Wort mit ihr sprach, hielt er sich immer in ihrer Nähe auf. Manchmal war Stine das richtig unheimlich. Aber sie sagte nichts dagegen. Schließlich hatte sie ihn gezwungen, das Piratenleben mit ihr zu teilen.
Sie zeigte ihm also, was sie entdeckt hatte. Draußen auf dem Meer sammelte sich das Wasser an einer Stelle und stieg senkrecht wie eine Säule in den Himmel hinauf. Albrecht wurde sehr blass. Und Stine rief den Piraten zu: »Kommt her! Seht das da!«
Gerade als Krummsäbel und der Narbige bei ihr waren, teilte sich das Wasser und ein riesiger dunkler Fels baute sich vor dem Schiff auf.
»Ahoi! Felsen voraus!«, rief der Narbige dem Steuermann zu.
Da war der Felsen spurlos verschwunden.
Der Narbige wischte sich über die Augen. Krummsäbel bekreuzigte sich. Und der Steuermann wollte wissen, ob er etwas falsch verstanden hatte, denn dumme Scherze kannte er von dem Narbigen nicht.
Plötzlich brandete die See auf, und ein Fischschwanz, viele Male länger als ihr Schiff, peitschte das Meer.

»Die Seeschlange! Die Seeschlange!«, schrien die Piraten. Gödeke stürzte an Deck. Er riss Stine und Albrecht an sich. »Die Segel reffen!«, rief er. »Ruder Steuerbord!«
Das Schiff legte sich schräg und fuhr einen Bogen, fort von dem Ungetüm. Gödeke hielt die Kinder fest umklammert. Noch einmal stieg eine Wassersäule auf. Aber das Seeungeheuer verfolgte sie nicht.
»Ein Glück!«, sagte Stine. »Das Vieh hätte unser Schiff verschlucken können wie eine Fliege!«
»Wer die Seeschlange sieht, ist dem Untergang geweiht«, sagte Gödeke. Seine Stimme klang rau.
»Es wird schrecklich sein, o Gott, hilf mir«, sagte Albrecht und schluchzte.
»Du sprichst wieder!«, rief Stine aus und auch Gödeke sah ihn überrascht an.
Da drückte Albrecht das Gesicht an Gödekes Brust. Seine Schultern zuckten.
»Albrecht, wein doch nicht ...«, sagte Stine leise.
Er versuchte, sich zu fassen. »Ich hab Angst um dich, Stine! Ich hab Angst! Und du sollst auch nicht sterben, Gödeke! Du bist ein Räuber, aber ich hab dich gern! Du musst fort! Fort von Störtebeker!«
Gödeke strich Albrecht das Haar aus dem nassen Gesicht. »Junge, was ist los?«, fragte er und nahm Albrecht bei den Schultern. »Weißt du etwas, was ich wissen sollte? Was für Klaus wichtig ist? Sag es in Gottes Namen!«
»Flieh mit uns!«, schrie Albrecht. »Mit Stine und mir! Bitte! Hör auf mich!«
Sein Gesicht war verzerrt. Gödeke ließ erschrocken von ihm ab.
»Es ist die Seeschlange. Der arme Junge ist von ihr besessen.«

Stine schauderte. So fremd war ihr der Bruder plötzlich! Aber sie überwand die Furcht und fasste ihn bei der Hand. »Nein, Albrecht, ich bleibe hier. Ich gehe nie, niemals von meinem Vater fort. Und du bleibst bei mir. Denn auch wir wollen uns nie mehr trennen.«
Da wurde Albrecht still.
Gödeke atmete tief durch. »Jetzt ist es wohl vorbei. Er soll sich ausruhn. Bringt ihn in die Kajüte. Gebt ihm einen Schluck warmen Rum zu trinken. Und deckt ihn gut zu.«
Die Piraten hatten die ganze Zeit wie versteinert dagestanden. Jetzt nickte der Narbige und nahm Albrecht bei der Hand.
»Ich verlasse dich vorerst, Albrecht«, sagte Gödeke. »Klaus und ich haben eben beschlossen, dass wir getrennte Wege fahren und uns später auf Helgoland treffen. Halte dich an Stine und ihren Vater!«
Albrecht zitterte.
»Ich pass auf dich auf«, sagte Stine und nahm Albrechts andere Hand. »Und du verlass mich nicht!«

Als Gödeke Michels' Schiffe da verschwunden waren, wo Himmelsblau und Meeresblau eins sind, wusste Albrecht, dass die Entscheidung getroffen war. Er gehörte zu den Seeräubern. Und das, obwohl er keine Ahnung hatte, was er bei ihnen sollte. Weder konnte er wie Stine den Schiffsmast hinauf bis ins Krähennest klettern, noch hatte er ihre scharfen Augen. Mit der Armbrust traf er nicht und vor dem Schwertkampf hatte er sich immer gefürchtet.
»Ich kann nicht kämpfen und nicht stehlen«, sagte er zu Klaus Störtebeker. »Eher verhungere ich, als dass ich etwas Unredliches tue. Ich bin kein Räuber, aber lasst mich um Stines willen in eurer Mannschaft bleiben!«

Störtebeker sah den Jungen an und sog ruhig an seiner langen Holländerpfeife. Dann blies er den Qualm aus und sagte: »Du kannst das Deck scheuern und die Fische für die Suppe putzen.« Er klopfte die Pfeife auf den Schiffsplanken aus, steckte sie in die Jackentasche und ging. Albrecht sah ihm nach. Von nun an würde er also das Schicksal dieses Mannes teilen. Bis zum Tod. Sie alle hatten nicht mehr lange zu leben. Albrecht allein wusste das. Mit Gödeke war seine letzte Hoffnung davongefahren. Ihm wurde schwindlig und er musste sich setzen. Sollte er Klaus Störtebeker sein Geheimnis anvertrauen? Sollte er sich auf die Seite der Piraten stellen? Nein, das war unmöglich. Kaufmann Holter hatte ihn aufgenommen wie einen Sohn. Er hatte ihm die Mutter zurückgegeben und in gewisser Weise auch Stine. Er hatte Albrecht eine Zukunft als Kaufmann eröffnet und wäre ihm bis ans Ende seiner Tage ein väterlicher Freund und Ratgeber gewesen. Ein Piratenleben zu führen, dazu war Albrecht gezwungen worden. Aber niemand sollte ihn dazu bringen, treulos zu sein! Er konnte nichts mehr für seine und Stines Rettung tun. Es war vorbei.

27

»Knut! Steffen!«, rief Stine und sprang aus dem Boot. Oskar flog ihr voraus und landete auf einem knorrigen Baum.

Die beiden jungen Fischer waren die Ersten, die die Piraten auf Helgoland begrüßten.

»Die Pfeffersäcke haben was vor!«, legte Knut sofort los. »Das erzählen sie in den Hamburger Hansekontors!«

»Die Schiffszimmerer haben viel mehr zu tun als sonst«, sagte Steffen. »Es müssen sogar Männer aus Holland und Dänemark beim Schiffsbau helfen.«

»Und die Hansen heuern nur noch ältere Schiffsleute an, die Weib und Kinder haben und darum wieder heil in Hamburg ankommen wollen«, fügte Knut hinzu. »Die jungen Männer nehmen sie nicht mehr mit. Die haben sich zu oft mit euch verbündet, sind bei euch Piraten geblieben und haben eure Mannschaften stärker gemacht. Da soll ein Riegel vor.«

Die Likedeeler hatten sich um sie versammelt. Alle warteten, was Störtebeker sagen würde.

»Gut, dass ihr uns warnt. Es braut sich was zusammen! Aber was ...« Er dachte nach.

»Ihr werdet den Hansen zu mächtig«, sagte Knut. »Sie wollen sich eure Raubzüge nicht mehr gefallen lassen.«

»Die Pfeffersäcke mucken auf? Hör ich recht?«, rief Krummsäbel. »Die kriegen gleich was von mir auf ihre fetten Bäuche!«

Er hieb mit seiner blitzenden Waffe durch die Luft. Knut und Steffen duckten sich. Krummsäbel lachte. Und die Pi-

raten lachten mit. Störtebekers Arm fuhr durch die Luft. Es wurde still.
»Was gibt's da zu lachen! Den Sommer sind wir noch stark, na gut. Aber der Winter kommt wieder! Der Winter auf Helgoland!« Er sah seinen Männern in die Gesichter.
»Merkt ihr was? Die Pfeffersäcke haben uns ins Mauseloch gejagt! Sie glauben, darin fressen wir uns selbst auf. Wenn wir den nächsten Winter überstanden haben und du und du und du – ihr alle lebt noch, dann wissen wir, wer wirklich stärker ist, Pfeffersäcke oder Likedeeler!«
»Likedeeler! Likedeeler!«, riefen die Piraten und stießen die Waffen in den Himmel.
»Gottes Freund und aller Welt Feind!«, rief der Narbige und sie erwiderten den Ruf wie mit einer einzigen lauten Stimme: »Gottes Freund und aller Welt Feind!«
»Ihr sollt die weite Fahrt zu uns nicht umsonst gemacht haben. Wir geben euch mit, so viel euer Schiff forttragen kann«, sagte Klaus Störtebeker, als der Ruf verklungen war.
Er gab Knut und Steffen die Hand.
»Ich möchte auch Pirat sein«, sagte Knut. »Und dann wollen wir nach Hamburg segeln und die Stadt erobern, wie wir es mal geträumt haben. Machst du mit, Steffen?«
»Mutter hat nur noch mich«, sagte Steffen. »Ich kann nicht ...«
»Fahrt zurück, beide!«, sagte Störtebeker. »Aus Hamburg wird nichts. Das hab ich euch immer gesagt. Da müssen erst die Hamburger selbst ...«
»Es geht uns schlimm, Störtebeker!«, rief Knut da. »Du kannst dir nicht vorstellen, wie schlimm! Adel und Hanse pressen uns aus, beide zugleich. Wir sind nicht besser dran

als die Leibeignen. Schuften von morgens bis in die Nacht. Trotzdem hat jeder Schulden, ob es wegen der Miete ist oder wegen der Abgaben oder wegen des täglichen Brotes. Die Schulden sind unsere Fesseln, sie ketten uns an die hohen Herrn. Die Kaufleute werden immer reicher und machen mit uns, was sie wollen. Helft uns doch!«
Steffen nickte.
»Ich kann nicht«, sagte Störtebeker. »Oder was sagt ihr, Likedeeler?«
Sie senkten die Köpfe.
Oskar flog von seinem Landebaum und setzte sich auf Stines Schulter. Er krächzte.
»Was meint er?«, fragte Störtebeker seine Tochter.
»Ich kenn die Vogelsprache nicht«, sagte Stine.
»Dann kann uns nicht mal Oskar raten und wir müssen weitermachen wie bisher«, sagte Störtebeker. Er sah sich in der Runde um. »Lacht vielleicht mal einer, wenn der Hauptmann einen Witz macht!«
Niemand lachte.
»Knut! Steffen! Lasst euch nicht auch noch das Lachen von den Pfeffersäcken nehmen! Ihr bleibt hier! Bis ihr wieder frohen Muts seid!«

Die Helgoländer kamen von der ganzen Insel – Männer, Frauen und Kinder. Sie steckten das Spielfeld ab, maßen es schrittweise und zogen die Mittellinie. Die Männer, die mitspielen wollten, versammelten sich und berieten. Das waren alle, die zwei Beine hatten und diese noch flott bewegen konnten. Ein Stück weiter bildeten die Piraten mit Knut und Steffen einen bunten Haufen.
»Schaut euch die Helgoländer an«, sagte Störtebeker, »die sind doch mehr Spieler als wir!«

Damit war kein Pirat einverstanden.
»Krummsäbel, rüber zu ihnen! Die sollen eine Hand voll Männer rausnehmen!«, befahl Störtebeker.
Krummsäbel gehorchte, aber die Helgoländer ließen sich von ihm nichts sagen.
»Wir sind nicht mehr als ihr!«, rief der Anführer herüber. »Unsre Haufen sind gleich groß, seht ihr das nicht!«
»Sollen sie abzählen«, sagte Albrecht zu Stine.
»Das geht nicht«, sagte Stine. »Es sind doch mehr Männer auf jeder Seite, als wir Finger an beiden Händen haben!«
»Heißt das, keiner hier kann weiter zählen als bis zehn?«
»Kannst du es etwa?« Stine staunte Albrecht an.
Die Piraten stellten sich inzwischen in einer Reihe auf. Ihnen gegenüber standen die Inselmänner in Reih und Glied. Die beiden Anführer gingen die beiden Reihen ab. Aber die Piraten drängelten und schoben und die Helgoländer schafften es genauso wenig, still zu stehen. Es war unmöglich, zu überprüfen, ob auf jeden Piraten ein Helgoländer kam.
»Jeder fasst sein Gegenüber an den Händen!«, befahl Klaus Störtebeker.
Die Piraten reichten die Hände rüber. Die Helgoländer schauten zu ihrem Anführer. Der nickte. Da erst griffen sie nach den ausgestreckten Piratenhänden. Es war ganz klar, bei den Piraten fehlte ein Mann, trotz Knut und Steffen.
»Ihr müsst einen Mann rausnehmen«, sagte Klaus Störtebeker zum Anführer.
Der sah das ein. Nicht aber seine Männer! Keiner wollte auf das Spiel verzichten.
»Einer muss raus!«, schrie Krummsäbel die Helgoländer

an. »Weiter geht unsre Großmut nicht! Bei uns spielt dann immer noch ein Bein weniger mit!« Und er zeigte auf den Narbigen und sein Holzbein.
Da ging ein Geschrei unter den Helgoländern los! Denn für sie war der Narbige ein besonders gefürchteter Gegner! Erstens war er kaum langsamer als die mit zwei gesunden Beinen. Und zweitens konnte er sein Holzbein als gefährliche Waffe einsetzen. Schon mancher Helgoländer hatte in der Vergangenheit schwer verletzt das Spielfeld verlassen müssen.
»Raus! Raus! Raus!«, brüllten die Piraten.
Die Helgoländer aber drängten sich zusammen. Krummsäbel packte einen von ihnen am Fellrock. Er zog und zerrte – umsonst. Die Helgoländer hielten ihren Kumpan fest.
»Gleich gehn sie aufeinander los! Dann gibt es Prügel und kein Spiel«, sagte Störtebeker. »Was soll ich tun?«
Der Anführer sah ihn hilflos an. Plötzlich kam Störtebeker eine Idee.
»Albrecht! Jawohl, Albrecht! Zu mir!«, rief er. »Du spielst bei uns mit!«
Ehe Albrecht widersprechen konnte, drängte sich Störtebeker zwischen die Rauflustigen und verkündete: »Wir haben einen neuen Spieler! Keiner muss raus! Alle spielen mit! Wir haben Albrecht!«
Allmählich beruhigten sich die Männer. Sie sahen sich Albrecht an. Die Helgoländer grinsten zufrieden. Dieses schmale, blasse Bürschchen mit den dünnen Armen würde den Lederball keine zwei Fuß weit vorwärts schlagen! Sie hüteten sich, das laut zu sagen. Dann hätten sie ja ihren Vorteil verraten.
»Ich mach dir einen Schlagstock«, sagte der Narbige.

Damit war Albrecht in die Piratenmannschaft aufgenommen und das Spiel konnte endlich losgehen.
Nicht nur die Helgoländer, auch die Piraten und Stine hatten Albrecht unterschätzt. Er fuchtelte derart mit dem Stock herum, dass die Zuschauer am Spielfeldrand laut loslachten. Die Spieler dagegen, ob Helgoländer oder Piraten, mussten aufpassen! Sonst konnten sie leicht einen Schlag abbekommen! Albrecht hatte freie Bahn und traf den kleinen Lederball gar nicht schlecht.
»Albrecht! Albrecht!«, rief Stine.
Sie hatte Mühe, die Frauen und Kinder der Helgoländer zu übertönen, die ihre Männer anfeuerten. Wie ungerecht! Keiner hatte daran gedacht, den Zuschauern das Geschrei zu verbieten. Nur eine Frau hätte rufen dürfen! Eine Frau für die Helgoländer und Stine für die Piraten! Sie war wütend. Da rannten ihre Freunde auf dem Spielfeld herum: der Vater, Krummsäbel, der Narbige, Knut und Steffen – sogar Albrecht, der doch sonst nichts von den Räubern hielt! Nun machte er ihnen diesen Unsinn nach! Alle waren sie ganz verrückt nach einem kleinen Lederball und keiner kümmerte sich mehr um Stine. Jetzt riss sich auch noch Racker von dem Strick los, mit dem Krummsäbel ihn an einen Pfosten gebunden hatte. Er flitzte aufs Spielfeld, kläffte und suchte seinen Herrn. Als er Krummsäbel entdeckte, sprang er ihm zwischen die Beine. Krummsäbel fiel lang hin. Sein Stock traf den Anführer. Der drehte sich wütend um und wollte Krummsäbel eins überziehn. Er holte mit dem Stock aus, da hing Racker knurrend an seinem Fellschurz. Der Fellschurz löste sich und fiel. Der Anführer war splitternackt. Er ließ den Stock fallen, denn er brauchte die Hände, um das Nötigste zu verbergen. Racker lief mit stolz erhobenem

Schwanz, den Fellschurz im Maul, ums Spielfeld. Die Frauen kreischten noch lauter! Nein, dieses Spiel ist zu dumm, dachte Stine. Warum kann ich es Vater bloß nicht ausreden! Ich hab Hosen an und steh wegen diesem Unsinn trotzdem am Rand bei den lärmenden Frauen und wollte doch nie eine Frau sein! Aber ein Kerl, der mit einem Stock auf einen kleinen Ball haut und sich dabei wer weiß wie wichtig vorkommt, möchte ich auch nicht sein. Ich verstehe meinen Bruder Albrecht nicht ..., dachte sie gerade, als Albrecht laut jubelte und herumsprang.
»Sieg! Sieg!«, rief Krummsäbel und die Piraten brüllten los.
Keiner konnte es fassen, aber es war so! Den ersten Sieg für die Piraten hatte Albrecht gebracht! Da war Störtebeker schon bei ihm, warf ihn in die Luft, fing ihn wieder auf und drückte ihn an sich. Albrecht hatte rote Wangen. Seine Augen leuchteten. Er legte seine Arme um Klaus Störtebekers Hals.
»Hoch! Hoch! Hoch!«, riefen die Piraten.
Knut wollte Steffen hochheben. Er schaffte es nicht. Die beiden jungen Männer lachten.
Ich versteh dieses Spiel zwar nicht, dachte Stine, trotzdem schwöre ich, nie mehr etwas dagegen zu sagen!

28

Die Likedeeler brachten die Fischer zu ihrem Boot.
»Ich komme wieder«, sagte Steffen und umarmte Krummsäbel.
Und Knut sagte: »Ihr habt viele Feinde in Hamburg, Freunde aber auch!«
Die untergehende Sonne überglänzte golden Himmel und Meer. Das kleine Segelboot verschwand schnell in dem Licht. Statt seiner sahen sie große Schiffe.
»Gödeke Michels kommt!«, riefen die Piraten.
Gödekes Hände waren mit Tüchern umwickelt. Seine Männer waren verletzt. Viele hatten schwere Brandwunden.
»Ich bin schuld! Ich bin schuld!«, sagte Gödeke immer wieder.
Er hatte die Mannschaft nach Loquard geführt. Das Schloss von Loquard war ein bewährter Rastplatz. Und weil sie vor der ostfriesischen Küste gekapert hatten und dabei ohne Blutvergießen erfolgreich gewesen waren, hatte er gemeint, sich auch wieder an Land wagen zu können. Sie hatten wie früher im Schloss Aufnahme gefunden und die ersten Tage war auch alles gut gegangen. Doch dann, mitten in der Nacht, ankerten fremde Schiffe. Das waren keine Handelskoggen, Kriegsschiffe waren es. Und Kriegsknechte gingen von Bord in Scharen und überfielen Gödekes Männer im Schlaf. Sie raubten und plünderten. Nicht nur im Schloss, sondern auch in den umliegenden Dörfern. Zuletzt legten sie Feuer und das Schloss wurde ein Opfer der Flammen. Das sollte den

Friesen ein Denkzettel sein, Likedeelern nie mehr Herberge zu geben.
»Wem gehörten die Kriegsschiffe?«, fragte Störtebeker.
»Der Hanse«, sagte Gödeke.
»Sie machen also Ernst«, sagte Störtebeker.
»Friesland können wir vergessen«, sagte Gödeke. »Da kriegen wir keinen Fuß mehr drauf. Von wegen Markthalten im Sommer, wie Keno tom Brok versprochen hat! Alles aus und vorbei! Helgoland werden wir auch nicht mehr lange haben ...«
»Du bist müde, Gödeke! Leg dich in mein Zelt und schlaf dich aus! Morgen findest du neuen Mut.« Er lächelte seinem Freund zu.
Dieses Lächeln beruhigte auch die Piraten. Stine kannte ihren Vater besser. Sie spürte, dass er voller Sorge war.

»So kann ich nicht schlafen«, sagte Stine.
Sie setzte sich auf. Albrecht stöhnte schon wieder und warf sich herum!
»Wenn wir morgen müde sind, bringt uns das gar nichts! Stell dir vor, die Hanse kommt nach Helgoland! Eine ganze Kriegsflotte legt an! Söldner fallen wie ein Mückenschwarm über uns her! Und du kannst weder fliehen noch kämpfen. Du bist zu müde für alles. Dann ist es mit dir aus und vorbei.«
Sie gähnte und legte sich zurück.
»Woher weißt du das?« Albrecht klammerte sich an sie.
»Lass mich los!«, rief Stine.
Aber Albrecht gab sie nicht frei. »Stine! Was soll ich tun! Stine!«, schluchzte er und hielt sich an ihr fest.
»Bist du wieder verrückt? Albrecht, hör auf! Das ist die Seeschlange, bestimmt ... Vater! Vater!«

»Wo ist dein Vater?« Eisig klang Albrechts Stimme.
»Er sitzt draußen, mit Gödeke und dem Narbigen, am Feuer ...«
»Ich geh zu ihm. Du bleib hier.«
Stine widersprach nicht. Albrecht war ihr jetzt noch schrecklicher verwandelt.
Als er aus dem Zelt war, ging sie ihm leise nach.
Sie sah ihren Bruder wie einen dünnen Schatten am Feuer stehen. Sie hörte jedes Wort.
Die Hanse bereitete einen Überfall vor. Sie baute Kriegsschiffe und heuerte Kriegsknechte an. Der reiche Simon von Utrecht bezahlte allein ein neues Flaggschiff. Er war von Holland nach Hamburg gezogen und wollte sich Geltung verschaffen. Die Pfeffersäcke gaben sich nicht damit zufrieden, den Seeräubern die Märkte und die Häfen zu verbieten. Sie wollten alle Likedeeler vernichten. Im Sommer, diesen Sommer noch sollte der Kampf gefochten werden.
Albrecht war fertig mit seiner Rede. Die Männer schwiegen. Sie beruhigten den Jungen nicht, sie widersprachen ihm nicht und lachten ihn nicht aus. Da verstand Stine, dass Albrecht die Wahrheit gesagt hatte. Und dass er schon lange im Besitz dieser Wahrheit war und sie nicht mit ihnen geteilt hatte.
»Es ist zu spät«, sagte Gödeke. »Du hättest uns früher warnen müssen. Dann hätten wir verschwinden können wie Magister Wigbold.«
»Ich konnte Kaufmann Holter nicht die Treue brechen!«
»Deinen Kaufmann Holter kenne ich nicht«, sagte der Narbige. »Du aber kennst meine Narbe. Hast gedacht, sie ist vom Piratenkampf wie der Beinstumpf hier? Ist nicht! Die haben sie mir ins Gesicht geschnitten und gebrannt,

die Leute, die den Pfeffersäcken so treu ergeben sind wie du! Damit sie mit dem Finger auf mich zeigen können, wo ich auftauche, und mich jagen und die Strafe nie ein Ende hat. Und wofür? Ein Säckchen Mehl habe ich gestohlen. Keinen Sack, ein Säckchen! Nicht viel älter war ich als du und hatte vier kleine Geschwister, die am Verhungern waren. Was ein Kaufherr ist, der zählt die Kinder nicht. Tot oder lebendig. Der zählt die Säckchen Mehl. Und wehe, eines fehlt! Seinen Mehlsäckchen hält der Kaufmann die Treue!«

»Herr Holter hätte dir das Mehl gegeben.«

»Glaubst du. Ich nicht.« Der Narbige stand auf. »Pass fein auf, dass du den Pfeffersäcken treu bleibst! Damit du eine schönere Leiche abgibst, wenn sie uns kriegen!«

Er lachte böse und verschwand im Dunkeln.

»Wir tun uns zusammen, Gödeke«, sagte Störtebeker. »Wir segeln ein Stück raus und empfangen die Kriegsknechte vor Helgoland auf offner See.«

»Ich sag es der Mannschaft. Sie soll darüber entscheiden. Fast die Hälfte der Männer musste in Loquard sterben. Meine Schuld. Ich darf ihnen nichts mehr raten und schon gar nicht befehlen.«

Stine ging ins Zelt zurück. Sie legte sich hin, und als Albrecht bald darauf kam und zu ihr unter die Decke kroch, meinte er, dass sie schlief. Aber Stine lag wach, die ganze Nacht. Als der Morgen graute und es allmählich heller wurde im Zelt, versuchte sie, in Albrechts schlafendem Gesicht zu lesen. Wie konnte er zuerst einem Kaufmann Holter die Treue halten? Und nicht ihr?

Da lag ihr Bruder, so nah. Und sie verstand ihn nicht.

Gödeke Michels verließ Störtebeker mit seinen Leuten. Er drückte Stine an die Brust und sie spürte noch einmal, wie warm die war. Er nahm Albrechts Gesicht in seine Hände.
»Wir sehen uns nie wieder«, sagte er. »Aber bis in den Tod vergess ich dich nicht.«
»Bleib doch ...«
»Ich möchte nichts so sehr wie bei euch sein. Ich will euch verteidigen und beschützen. Ihr beide seid mir lieb wie meine eignen Kinder.«
»Du bleibst also!«, rief Stine. Sie freute sich.
»Nein«, sagte Gödeke. »Meine Männer haben anders entschieden.«
»Du bist der Hauptmann, du!«, rief Albrecht.
»Weil sie mich gewählt haben, ja. In allen Fragen auf Leben und Tod jedoch bestimmen sie selbst. Ich muss ihren Beschluss annehmen. Er ist richtig. Zum Kämpfen sind wir zu wenige.«
»Solln sie fliehn! Lass sie doch«, rief Stine. »Und du bleibst!«
»Der Hauptmann gehört zu seinen Männern – bis in den Tod«, sagte Gödeke.
»Und was du selbst willst, das gilt gar nichts?«, rief Stine.
»Jeder steht auf seinem Platz für die andern ein, das ist Likedeeler-Gesetz«, sagte Gödeke.
»Dann mach doch Schluss mit dem Hauptmann-Sein!«
Gödeke sagte nichts.
Da lief Stine fort, ohne sich noch einmal nach ihm umzudrehn.
Albrecht aber küsste Gödekes Hand.
»Ich bewundere dich«, sagte er. »Du bist der treueste Räuber, den ich kenne.«

29

Von dir weiß ich nun ganz gewiss, dass du schweigen kannst«, sagte Störtebeker zu Albrecht.
Albrecht senkte den Kopf.
Die Seeräuber gingen ihm aus dem Weg. Für sie war er ein Verräter. Und Störtebeker quälte ihn mit seinem Reden.
»Hol deine Schwester!«, befahl er.
Störtebeker führte Albrecht und Stine vom Lager der Piraten weg tiefer ins Land hinein. Bald verließen sie den Weg. Stine und Albrecht hatten Mühe, ihm zu folgen. Eine Geröllhalde ging es hinauf und wieder hinunter. Dann durch ein dichtes Gewirr von Büschen und niedrig gewachsenen Bäumen. Die Äste bauten sich wie Schranken vor ihnen auf. Mal mussten sie drüberklettern, dann unten durchkriechen. Sie schwitzten. Mücken sirrten ihnen um Kopf und Bein. Stine und Albrecht schlugen um sich, aber die Mücken ließen sich nicht vertreiben. Als sie endlich aus dem Wald herausgefunden hatten, richtete sich eine steile Felsenwand vor ihnen auf. Störtebeker erklomm sie und half ihnen ein Stück. Auf halber Höhe entdeckten sie einen schmalen Eingang.
»In dieser Höhle haust ein alter Gott der Helgoländer«, sagte Störtebeker. »Geister gehen um. Kein Mensch traut sich hinein.« Damit verschwand er in der schaurigen Dunkelheit.
Stine und Albrecht wussten nicht, was sie tun sollten. Sie standen unbequem und unsicher auf dem schmalen Felsvorsprung und fürchteten, sich nicht mehr lange halten

zu können. Aber Störtebeker nach, in die Höhle hinein, trauten sie sich nicht.
»Was sucht er hier?«, überlegte Stine.
»Er wird mich bestrafen«, flüsterte Albrecht. »Er sperrt mich in der Höhle ein, bei den bösen Geistern ...«
Stine schauderte. Gewiss musste Albrecht bestraft werden. Wie jeder andere, der nicht fest zu den Piraten hielt. Erst wenn er gebüßt hatte, würde die Mannschaft ihn wieder aufnehmen. Der Hauptmann bestimmte die Strafe. Aber sie konnte nicht glauben, dass der Vater derart grausam ...
»Was ist los? Warum kommt ihr nicht?«
Störtebekers Kopf mit dem wilden blonden Haar guckte aus dem Höhleneingang.
»Geh schon!«, flüsterte Stine Albrecht zu. »Solange ich bei dir bin, passiert nichts.«
Störtebeker grinste. »Habt ihr Angst? Vor den Geistern? Die hab ich längst vertrieben!«
Da krochen Albrecht und Stine in die Höhle.
Als sie durch den Eingang waren, konnten sie sich aufrichten. Störtebeker leuchtete mit einer Fackel den Raum aus und sie sahen, dass er größer war, als sie sich von außen vorgestellt hatten. Je weiter sie in die Höhle kamen, desto feuchter und kälter wurde es darin. Wie erstarrt blieben sie stehn. Klaus Störtebeker war verschwunden! Sie sahen einen schwachen Lichtschein. Hand in Hand gingen sie darauf zu. Da stand Störtebeker und beleuchtete einen großen Steinhaufen.
»Helft mir! Die oberen Steine müssen runter! Schnell!« Er begann mit der Arbeit.
Vielleicht wird das mein Grab ..., dachte Albrecht.
Auch Stine fürchtete sich. »Vater, sag doch, was machen wir hier?«

»Ihr werdet es gleich sehn«, sagte Störtebeker. »Da!« Er klopfte mit der Faust auf etwas, das sah wie ein Deckel aus. Der Deckel zu meinem Sarg ..., dachte Albrecht. Er zuckte zusammen. Mit lautem Getöse lösten sich Steine und kollerten hinunter.

»Endlich!«, rief Störtebeker und wischte sich den Schweiß vom Gesicht.

Drei schwere Kisten aus Eichenholz, mit Eisen beschlagen, standen vor ihnen.

Störtebeker zog Hammer und Meißel aus der Tasche. Einige Schläge genügten, und Angeln und Schlösser waren gesprengt – so stark war er.

Störtebeker öffnete die erste Kiste. Bernstein lag darin. Er schimmerte rötlich oder honiggelb – das Gold der Ostsee. Prächtige Stücke waren darunter, groß wie Kinderköpfe.

In der zweiten Kiste war Schmuck angehäuft, kostbar gefertigt aus Gold und Edelstein – Armbänder, Ketten, Anhänger, Blumengebilde, Leuchter, Becher, Dosen, Schalen und kleine Figuren.

Die dritte Kiste war bis zum Rand gefüllt mit Geldstücken aus aller Welt – kleine blitzende Münzen und schwere Dukaten. Das Silber und Gold war mit den unterschiedlichsten Bildern, Buchstaben und Zahlen geprägt.

»Das hier ist mein Geheimnis«, sagte Störtebeker zu Albrecht. »Kein Likedeeler außer mir weiß von ihm.«

Erst konnte Stine es nicht fassen. Dann schrie sie den Vater an. »Du hast das alles einfach vor ihnen versteckt? Anstatt zu teilen? Aber warum? Warum denn nur?«

»Weil es Piraten schwer fällt, an morgen zu denken«, sagte der Vater. Er blieb ganz ruhig. »Ein Hauptmann muss vorsorgen, Stine. Noch sind die meisten von uns ziemlich gut beisammen. Aber auch der stärkste Pirat

macht einmal schlapp. Die alten Gesellen sollten nicht die jungen Kerle belasten, das ist besser für die Mannschaft, dachte ich mir. Ja, mit dem hier wollte ich für unser Alter vorsorgen. Jetzt gehört es euch.«
»Aber ich bin viel jünger als du! Zuerst wirst du alt. Und Krummsäbel und der Narbige. Ihr könnt euch ja zusammen ein schönes Schloss kaufen zum Ausruhn.«
»Mit Ausruhn ist nichts, Stine«, sagte der Vater. »Krummsäbel, der Narbige, wir alle werden nicht alt. Für uns muss ich nicht mehr vorsorgen. Aber für euch. Was soll aus dir und Albrecht ohne uns werden?«
Stine griff tief in die Kiste mit den Münzen. Ihre Arme verschwanden bis zu den Ellenbogen in Silber- und Goldstücken.
»Was soll ich damit?«, fragte sie und zog die Arme wieder heraus.
Sie nahm eine winzige goldene Tänzerin mit smaragdenen Augen und einem Rock von Rubinen aus der anderen Kiste.
»Die gefällt mir«, sagte sie. »Die behalte ich meinetwegen. Das andere brauche ich nicht.«
»Ich nehme an, Störtebeker«, sagte Albrecht. »Denn ich will mich, solange ich lebe, um Stine kümmern und weiß noch nicht, woher ich einmal die nötigen Mittel nehmen soll. Ich bin nichts und kann nichts. Und dann wartet noch Stines Mutter. Du hast sie vergessen und doch muss auch für sie im Alter gesorgt werden.«
»Tu das, Albrecht«, sagte Störtebeker. »Und denk auch an dich.«
»Ich habe Strafe verdient und keine Belohnung.«
»Das ist nebensächlich. Du bist immerhin mein Kind.«
Albrecht schwieg.

»Du willst keinen Räuber zum Vater, ich weiß. Aber es ist nun einmal so, dass Stines Bruder auch mein Kind ist.«
Er schlug die Deckel zu.
»Merkt euch die Stelle«, sagte er und verbarg die Kisten wieder unter den Steinen.
Stine und Albrecht halfen ihm. Keiner von ihnen sprach ein Wort. Bald war der Steinhaufen wieder aufgerichtet und von Klaus Störtebekers Geheimnis nichts mehr zu erkennen.

Krummsäbel lief ihnen kurz vorm Lagereingang entgegen. In seiner Hand wehte ein Stück Papier und vor ihm her flitzte der kleine bunte Hund.
»Das ist für dich, Hauptmann!«, rief Krummsäbel. »Das hat ein Holländer für dich abgegeben.«
Störtebeker nahm ihm das Schriftstück ab. »Was hat der Holländer gesagt?«
»Nicht Mucks noch Mau. Soll alles da drauf geschrieben sein. Und er wollte auch gleich wieder fort.«
»Vermaledeite Schreiberei! Wir wissen nicht mal, wo Wigbold sich rumtreibt. Der Magister könnte uns als Einziger helfen. Was nun? Du hättest den Holländer ausquetschen müssen! Ihn einfach ziehn lassen und wir wissen nicht ...«
»Ich wollte ihm nicht verraten, dass du nicht lesen kannst, Hauptmann ...«
»Darf ich wissen, was auf dem Papier steht?« Albrecht sah Störtebeker an. »Ich kann lesen.«
»Du Verräter! Das könnte dir passen!« Krummsäbel zog seine Waffe.
Im selben Augenblick hing Racker an Albrechts Rockschoß.

»Lass ihn!«, schrie Stine. »Albrecht ist kein Verräter! Er hat nur nichts gesagt!«
»Das kommt aufs Gleiche raus. Wir sind geliefert! Und der ist schuld!«
»Das ist er nicht, Krummsäbel«, sagte Störtebeker. »Der Junge ist doch keine Gefahr! Aber die Hanse!«
»Der steckt mit der Hanse unter einer Decke!«
Krummsäbel war außer sich. Störtebeker hielt ihn fest. Stine nahm Racker auf den Arm.
»Lies!«, sagte Störtebeker. Er gab Albrecht das Papier. Eine Weile war es still.
»Er kann gar nicht lesen«, sagte Krummsäbel böse.
»Da steht, dass der holländische Herzog Klaus Störtebeker und seinen Likedeelern Schutz gewährt«, sagte Albrecht.
»Freu dich, Vater!«, rief Stine. »Wir sind gerettet!«
»Ja, wir haben schriftlich, was mir der Herzog versprochen hat. Er lässt uns Helgoland. Doch wird er uns kaum seine Kriegsschiffe zur Unterstützung schicken. Verteidigen müssen wir uns selbst. Daran ändert das Papier nichts.« Er nahm es Albrecht aus der Hand. »Mir bleibt keine Zeit. Schade. Ich hätte gern das Lesen von dir gelernt.«
»Versuch es!«, sagte Albrecht. »Ich will etwas tun! Ich will irgendwas tun für dich. Etwas Gutes.«
Krummsäbel schüttelte den Kopf. »Aus dem Bengel werd ich nicht schlau!« Er steckte seine Waffe in den Gürtel, pfiff Racker und ging davon.
»Mach doch eine Schule für Piraten auf!«, sagte Stine.
Sie stellte sich vor, wie Störtebekers wilde Kumpane brav dasitzen und buchstabieren würden. Albrecht ging zwischen ihnen herum und gab ihnen eins mit dem Stöck-

chen, wenn sie nicht richtig bei der Sache waren. Und das würden sie wohl meistens nicht sein. Stine lachte.
»Den ersten Schritt ins Ungewisse muss der Hauptmann allein tun. Es könnte gefährlich sein«, sagte Störtebeker.
»Das Lesen ist gefährlich«, sagte Albrecht. »Aber nicht für dich, sondern für die hohen Herrn.«
»Ich kann jetzt jede Waffe brauchen«, sagte Störtebeker.
»Fangen wir also an mit dem Lesen! Heute Abend, vor meinem Zelt. Oder besser darinnen ... Meine Likedeeler sollen ihren Hauptmann nicht stottern hören.«
»Ich mach mit!«, sagte Stine.
»Endlich bin ich zu etwas nütze«, sagte Albrecht. »Wenigstens für eine kurze Zeit – bis die Hanse kommt.«
»Kurz oder lang«, rief Stine. »Du, Albrecht, und du, Vater – ihr denkt gleich das Schlimmste! Aber es geht alles gut aus, ihr werdet schon sehen!«
»Darauf lasst uns die Hände geben«, sagte Störtebeker und reichte jedem Kind eine Hand. »Auf den guten Schluss!«
Albrecht und Stine schlossen den Kreis.
»Auf den guten Schluss!«, sagten sie.

30

Ohne Ausnahme stimmten die Männer dem Plan ihres Hauptmanns zu, die Feinde auf dem offenen Meer zu empfangen. Mit drei Holks verließen sie Helgoland. Die vier Koggen, die sie zuletzt geentert hatten, blieben in der Bucht verankert. Zwei davon hatten sie den Helgoländern zum Geschenk gemacht. Die Inselbewohner konnten sie

entladen, wie es ihnen gefiel. Sie hatten das Stehlen nicht nötig, so mussten die anderen beiden Schiffe nicht bewacht werden. Weit wollten sie sich nicht von Helgoland entfernen. Ihre Schatzinsel blieb immerhin durch einen herzoglichen Vertrag gesichert! Das Beste war, in den Gewässern um Helgoland zu kreuzen, solange das Wetter sommerlich blieb. Kamen erst die kalten Herbststürme und die starken Regenfälle, würde sich kein Kriegsschiff mehr zeigen. Dann wollten sie an Land zurück.
Das alles hatten sie sich klug überlegt. Und weil auch noch die Sonne schien und die Schiffe gut im Wind lagen, waren die Likedeeler richtig vergnügt. Zwar waren sie auf den Kampf gefasst, aber er würde ja nicht gleich losgehen. Das Himmelsblau verlangte einfach eine Prise Sorglosigkeit!
Nur Oskar spektakelte oben im Mastkorb so laut, dass die Piraten beim Dösen und Träumen gestört wurden.
»Mach dich ins Krähennest und bring das Vieh zur Ruhe, sonst dreh ich ihm den Hals um!«
Stine lachte. Niemals würde der Narbige das tun! Auch wenn er sich wie ein Wilder aufführte, mochte er Oskar gern. Oskar gehörte zur Mannschaft! Wie wichtig er war, zeigte sich jetzt! Am Rand des Mastkorbs festgekrallt, reckte er seinen Hals, wies mit dem Schnabel aufs Meer hinaus und krakeelte aus Leibeskräften. Nur er hatte noch schärfere Augen als Stine. Erst allmählich erkannte sie in der Ferne Schiffe. Zwei, drei, sieben ...
»Sie kommen!«, schrie Stine. »Sie sind in der Überzahl!«
Sie rutschte den Mast hinunter.
Die Piraten standen an der Reling. Noch konnten sie die fremden Schiffe nicht erkennen, aber sie hatten gelernt, Stines scharfen Augen zu vertrauen.

»Der Wind treibt uns auf sie zu«, sagte Stine. »Wir müssen kehrtmachen. Fliehen!«
»Tut, was sie sagt!«, rief Störtebeker.
Die Piraten refften die Segel. Das Schiff wendete nicht.
»Es lässt sich nicht manövrieren«, sagte der Steuermann.
Zwei Piraten wurden in einem Beiboot hinuntergelassen, um das Steuerruder zu überprüfen.
»Nichts zu machen«, sagten sie, als man sie wieder hochgezogen hatte. »Jemand hat Blei aufs Steuerruder gegossen. Es steht steif und fest. Lässt sich durch nichts bewegen!«
»Verrat!«, rief Krummsäbel.
Und alle Piraten sahen Albrecht an.
»Nein, er nicht, bestimmt nicht!«, rief Stine. »Sag doch was! Albrecht!«
Aber Albrecht sagte nichts. Was sollte er auch sagen? Es war eh vorbei mit ihnen. Gegen sieben Holks kamen sie niemals an. Sollten sie von ihm glauben, was sie wollten. Er war nicht einer von ihnen und musste doch mit ihnen sterben. Albrecht nahm Stines Hand. Er wollte sich irgendwo unter Deck mit Stine verkriechen und sie spüren, bis zuletzt.
»Hier geblieben!«
Der Krummsäbel packte ihn. Die Piraten umstellten die Kinder.
»Lass ihn los, Stine Pirat!«, befahl der Narbige. »Du gehörst zu uns.«
»Ich gehöre auch zu ihm«, sagte sie und drückte Albrechts Hand nur fester.
»Beide Kinder unter Deck! Gleich geht der Kampf los! Gebt ihnen den Weg frei! Dem Jungen auch! Ich stehe für ihn ein!« Störtebeker schob die Piraten beiseite. »Zu den Waffen!«, rief er.

»Es sind zwölf«, sagte Stine, bevor sie unter Deck verschwanden. »Sie sehen es noch nicht, aber es sind zwölf.« Und Albrecht wusste ohne zu fragen, dass sie zwölf Kriegsschiffe meinte.

Sonst war Stine nicht unter Deck zu kriegen, wenn oben was los war. Diesmal gehorchte sie dem Vater ohne Widerspruch. Stine Pirat hatte Angst!

»Vater ist der tapferste und stärkste Pirat überhaupt! Keiner hat ihn je besiegt!«, sagte sie zu Albrecht.

Sie wollte nicht mit ihrem Vater angeben. Sie musste sich Mut machen.

Der Vater kam in die Kajüte. Er legte sich den ledernen Brustharnisch an und verschloss die Eisenschnallen. Dann kam er zu ihnen.

»Das ist nur etwas für Männer«, sagte er und zeigte ihnen eine Flasche mit einer dunklen Flüssigkeit. »Ich hab's vom Magister. Er hat das Zeug aus Bilsenkraut gebraut. Es nimmt den Schmerz und lässt die Angst schwinden. Ich geb es meinen Piraten. Ihr seid doch Piraten?«

Stine und Albrecht nickten schnell.

»Macht den Mund auf!« Er gab ihnen einige Tropfen auf die Zunge. »Betet!«, sagte er und ging.

»Jetzt bist du also doch noch ein Pirat geworden«, sagte Stine.

Albrecht nickte wieder.

Es krachte. Stine und Albrecht fielen vornüber.

»Sie haben uns ... sie sind da ...«, flüsterte Albrecht.

Sie krochen in Störtebekers Koje und drängten sich dicht aneinander.

»Oskar traut sich nicht aus dem Mastkorb. Ohne mich«, sagte Stine.

Über ihnen brach ein Getöse los. Feuerwaffen donnerten, Balken krachten, Schwerter klirrten, Männer brüllten, und sie konnten nicht unterscheiden, wann es Piraten waren oder die Feinde.
»Das ist Racker«, schrie Stine.
Sie hörten ihn jaulen, wimmern. Ich muss los, ihn suchen, dachte Stine. Stattdessen zog sie eine Decke über sich, gerade dass sie Albrecht noch sehen konnte. Racker war still. Stine sagte nicht, was sie dachte. Krummsäbels Hund war tot.
Es polterte, rumste und schepperte. Die Krieger kämpften unter Deck, sie kämpften vor ihrer Tür. Stine schrie und Albrecht schrie, es klang wie ein einziger Schrei. Die Tür flog auf. Sie sahen Schwerter, ein Kettenhemd, schwarze Stiefel. Dann war die Türöffnung leer. Das Lärmen entfernte sich. Es war nicht wirklich still, aber viel stiller als vorher. Stine starrte über den Rand der Decke. Auf den Dielen floss Blut. Durch die offene Tür floss es in die Kajüte. Stine konnte es riechen. Langsam schob die Lache sich auf sie zu. Draußen, irgendwo hinter der Tür, jammerte ein Mann. Stine war elend. Der Mann rief. Albrecht stand auf. Stine glaubte sich in einem bösen Traum. In Wirklichkeit würde Albrecht sie nicht verlassen! Der böse Traum ging nicht vorbei. Der Platz neben ihr war leer.

Albrecht kniete am Boden. Er nahm seinem Vater den Helm ab. Im Brustharnisch war ein langer offener Spalt, daraus quoll das Blut. Auch ein Arm war verletzt.
»Wulf von Wulflam«, sagte der Vater. Nur schwer brachte er die Worte hervor. »Zu ihm ... wenn ... vorbei ...«
»Vater! Was machst du hier? Was ist mit dem Gut?«

Der Vater versuchte ein Lächeln. Aber selbst das Lächeln bereitete ihm Schmerz. Sein Blick ging von Albrecht fort. Da stand Stine.
»Ja ...«, sagte er und atmete tief. »Die Mutter ...«
»Sie lebt«, sagte Albrecht rasch, um dem Vater die Mühe des Sprechens zu nehmen. »Es geht ihr gut. Sie ist gesund.«
»Ich will bei ihr ... sie soll kommen ... wir –«
Der Blick des Vaters erstarrte. Sein Kopf fiel zur Seite. Albrecht zog den Arm nicht vor. Er ließ ihn unter Vaters Kopf und weinte.
Stine setzte sich neben ihn. Dieser Mann da hatte sie geliebt und gehasst. Er hatte ihr Freude gemacht und Unheil gebracht. Und das eine wie das andere war plötzlich nicht mehr wichtig. Der Mann war nun tot und trotz des vielen Blutes sah er friedlich aus und schön.

Stine und Albrecht wurden an Deck gebracht. Sie waren ruhig und wehrten sich nicht. Die wunderbaren Tropfen, die ihnen der Vater gegeben, wirkten und nahmen alle Furcht von ihnen. Sie sahen, dass die Sonne noch immer schien. Sie wärmte die toten Piraten und die toten Schwertkämpfer der Hanse gleichermaßen. Sie trocknete das Blut der Verwundeten beider Seiten. Schwerter, Säbel, Messer, Piken lagen herum, Spieße, Morgensterne, Hellebarden – alle diese schrecklichen Waffen waren an Deck verstreut wie harmloses Spielzeug und die Sonne spiegelte sich in dem Metall. Als sei gar nichts Schlimmes geschehen.
Stine sah ihren Vater am Hauptmast stehen. Die Züge seines Gesichtes erkannte sie nicht. Er war in ein Netz geschnürt. Das hatten sie wohl über ihn geworfen, damit er sich nicht wehren konnte. Sie schaute den Mast hinauf

zum Krähennest. Da oben hockte Oskar. Er legte die Flügel zusammen und zog den Kopf ein. Oskar lebte. Und obwohl sie hätte weinen müssen, spürte Stine Freude. Sie wunderte sich über sich selbst.

»Wer ist Wulf von Wulflam?« Albrecht sagte das.

Sie erkannte ihn nur undeutlich, wie durch einen Schleier.

»Du also bist Albrecht! Deinetwegen hat der alte Ritter sich hier rumgeschlagen!«

Der das sagte, war ganz im dunklen Eisen seiner Rüstung verborgen. Es klirrte und krachte, sobald er sich bewegte. Das Visier war hochgeklappt. Seine Augen waren zum Fürchten, trotzdem fürchtete sich Stine nicht.

»Wenn Ihr Wulf von Wulflam seid, dann müsst Ihr mir sagen können, wie mein Vater hierher gekommen ist.«

Auch Albrecht fürchtete sich nicht. Er zuckte nicht einmal, als der eiserne Ritter plötzlich vor ihm stand und ihn vor die Brust stieß.

»Gar nichts muss ich, Bürschchen!«, herrschte der ihn an. »Wulf von Wulflam bin ich, der Deutschritter und Führer von tausend Schwertkämpfern. Dein Vater hat unter mir gedient. Schlecht ist es ihm bekommen, nun ist er hin. Aus Störtebekers Fängen wollte er dich befreien. Du dankst es ihm nicht, das seh ich dir an. Einer wie du muss bei mir in die Lehre gehn, bevor er ein Mann ist. Schafft sie zu den Gefangenen!«

»Mein Vater hat mich dir übergeben«, sagte Albrecht. »Aber nicht als Gefangenen.«

Im Augenblick traf Wulflams eiserne Hand sein Gesicht. Albrecht blutete. Seine Hände wurden auf dem Rücken gefesselt. Stines Hände auch. Dann brachte man sie zu den Piraten, die den Kampf überlebt hatten. Sie waren aneinander gebunden und so in einer Ecke zusammengepfercht, dass selbst die schwer Verwundeten nicht umfielen – es war kein Platz. Niemand sagte etwas, als Stine und Albrecht zwischen sie geschoben wurden. Sie wussten bald, warum. Die Zunge klebte ihnen im Mund fest vor Trockenheit. Kein Himmelsblau war mehr über ihnen, sondern grelles, gleißendes Weiß. Die Sonne, die erst so freundlich geschienen, brannte wie ein Höllenfeuer. Je schlimmer es wurde, desto klarer konnte Stine wieder sehen. Die Kraft der Wundertropfen ließ nach. Die Nebel lösten sich auf. Was sie sah, war schrecklich. Blut und Wunden. Das Schiff verwüstet. Wulflams Schwertkämpfer ohne Erbarmen.

Wie gut ging es uns eben noch in Vaters Koje, dachte Stine. Da saßen Albrecht und ich beieinander wie früher in Mutters Bett. Sie lächelte. Und dann versank sie in einem schwarzen, kreiselnden Trichter.

Als Stine wieder zu sich kam, lag sie in einem Boot. Sie fühlte Wasser auf ihre Lippen tropfen. Dann sah sie Albrechts Gesicht. Es war über ihr.

»Du bist gerettet«, sagte Albrecht.

»Du auch?«, fragte Stine.

»Gewiss. Und der hier!« Albrecht legte ihre Hände auf etwas Weiches, das sich heftig bewegte.

Stine richtete sich auf. »Racker!«

Eine flinke, glatte Zunge leckte ihr über die Nase, die Wange, den Mund.

»Racker!« Sie küsste die feuchte Nase.

Der kleine bunte Hund fiepte und wedelte mit dem Schwanz.

»Wo sind wir überhaupt?«

Erst jetzt sah Stine die Ruderer. Das Boot war gut gebaut und sicher. Die Kriegsschiffe der Hanse hatten sie ein Stück hinter sich gelassen. Auch das Schiff des Vaters. Die zweite Likedeeler-Holk hatte zertrümmerte Masten und neigte sich zur Seite. Die dritte war verschwunden. Gesunken vielleicht.
Sie ruderten auf ein merkwürdiges Schiff vor ihnen zu. Das trug große dunkle Flecken auf seinem Rumpf wie eine Kuh. »Bunte Kuh« hieß das Schiff auch und gehörte Simon von Utrecht. Vor ihn wurden Albrecht und Stine geführt.
Simon von Utrecht trug einen Harnisch von Silber, goldverziert. Seine Beinkleider, Hemd und Rock waren von feinstem Tuch. Er war bestimmt nicht bei dem Kampf dabei gewesen. Trotzdem trat er stolz auf wie ein Sieger.
»Ihr armen Kinder! Beute blutgieriger Piraten! Was musstet ihr Schreckliches erdulden!«, rief er aus. »Nun frohlockt! Ihr seid befreit. Heldenhaft war unser Kampf. Besiegt sind Mörder und Diebe. Die nicht tot sind, werden wir in Hamburg richten. Ohne Erbarmen, das verspreche ich euch!«
Er sah Albrecht und Stine an. Wahrscheinlich erwartete er ihren Beifall oder Dank. Aber die beiden Kinder standen da und gaben weder einen Ton von sich noch einen schönen Anblick. Er wendete sich von ihnen ab und wollte gehn. Da kläffte es hinter ihm. Ein kleiner bunter Hund schoss wie ein Blitz auf ihn zu, sprang an ihm hoch und verschwand.
Simon von Utrecht hob die Hand und drehte sie vor seinen Augen hin und her. Eben war in dieser Hand noch ein Stück Honigkuchen gewesen!
»Was war das?«, fragte er.

»Unser Hund«, sagte Albrecht.
»Ah so ...« Simon von Utrecht versuchte, sich zu besinnen. »Wie kommt ein Hund auf mein Schiff?«
»Ich habe ihn mitgebracht«, sagte Albrecht.
»Ah so ...«
Gerade da lief ihm Racker vor die Füße, beschnupperte seine Schuhe, seine Beine, seinen Rock. Dann sprang er an ihm hoch und erwischte die Hand, die noch vom Honigkuchen klebte. Dieser Kuchen musste Racker köstlich geschmeckt haben, denn nun schleckte er ohne Zögern und ohne Scheu noch die Reste von der Hand des hohen Herrn.
»Werft ihn über Bord!«, befahl Simon von Utrecht einem Schiffsjungen.
Racker flitzte davon, als wüsste er, dass ihm Böses drohte. Der Schiffsjunge bemühte sich umsonst. Racker war verschwunden.
»Ich bitte Euch, lasst mir den Hund«, sagte Albrecht. »Er gehört dem Kaufherrn Holter, dessen Lehrling ich bin.«
»Ah so, du bist einer von dem Holter«, sagte Simon von Utrecht und pfiff anerkennend durch die Zähne. »Dennoch muss der Hund von Bord. Gewiss hat er Läuse und Flöhe.«
»Bedenkt, das arme Tier war wie wir eine Beute der Piraten. Mit mir gemeinsam wurde es von meines Kaufherrn Schiff entführt. All die Zeit, die wir von ihm entfernt sind, habe ich den Hund gehütet wie meinen Augapfel, denn Herrn Holter ist nichts auf Erden lieber als dieses Tier.«
»Ah so«, sagte Simon von Utrecht zum vierten Mal. »Dann wird mir der Holter sicher sehr dankbar sein, bringe ich ihm das Vieh zurück.«
Er wischte sich die Hand, die erst vom Honigkuchen und nun von Racker klebrig war, an einem Spitzentuch ab.

»Soll er bleiben. Aber gib auf ihn Acht! Dass er mir nicht vor die Füße kommt!«
Kaum hatte er das ausgesprochen und als hätte er auch diese Rede verstanden, war Racker wieder bei ihnen. Albrecht nahm ihn schnell auf den Arm und hielt ihn ganz fest.
»Folgt mir!« Simon von Utrecht winkte mit dem Spitzentuch. »Was ist mit dem Bengel an deiner Seite?«, fragte er Albrecht. »Spricht er nicht? Haben die Piraten ihm etwa die Zunge abgeschnitten?«
»Nein ...«, setzte Albrecht gerade an.
Da fasste der feine Herr schon mit spitzen Fingern Stines Kinn. »Mund auf, Bengel!«, befahl er.
»Ich bin kein Bengel!«, schrie Stine und er fuhr erschrocken zurück. »Ich bin Stine Pirat!«
»Was sagt er?«
»Sie ist ein Mädchen«, erklärte Albrecht.
»Unmöglich!«, rief Simon von Utrecht aus.
Er stellte sich Stine in den Weg. Stine zog die Stirn in Falten. Er schritt um sie herum, betrachtete sie von Kopf bis Fuß, studierte ihr Gesicht aus der Nähe ...
»Das glaub ich nicht«, entschied er dann. »Hosen aus!«
»Nein!«, schrie Stine.
»Packt sie!«, rief er. »Zieht sie aus!«
Stine kämpfte gegen Simon von Utrechts Männer. Umsonst. Sie zerrten ihr die Hosen vom Leib, das Wams. Nackt stand sie zwischen ihnen.
»Bringt einen Rock!«, befahl Simon von Utrecht.
Und als keiner seiner Männer Anstalten machte, ihm zu gehorchen, schrie er sie an: »Schluss mit Gaffen! Einen Rock!«
»Woher sollen wir einen Rock nehmen?«, fragte ihn der Älteste. »Röcke und Weiber sind auf Schiffen verboten!«

»Ah so …«, sagte sein Herr wieder und starrte Stine an. »Bring irgendwas, irgendwas, das als Rock zu gebrauchen ist.«
Der Alte verschwand.
»Diese entsetzlichen grausamen Piraten!« Simon von Utrecht schlug die Hände zusammen. »Verdorben und gottlos genug, dass sie nicht davor zurückschrecken, aus einem Mädchen einen Jungen zu machen!«
Endlich kehrte der Alte zurück. Er wickelte ein Tischtuch als Rock um Stines Leib.
»Die Ordnung ist wieder hergestellt«, sagte Simon von Utrecht. Er wirkte sehr zufrieden.
Seine Männer ließen Stine los.
»Ich dachte bestimmt, du würdest uns sogleich davonlaufen. Aber wir haben dich wohl schon gezähmt. Und so ein Rock tut das Übrige.«
Stine spuckte vor ihm aus. In gekonntem Bogen traf sie seinen rotledernen Schuh. Krummsäbel wäre stolz auf sie gewesen.
Jetzt musste das Spitzentuch den Schuh blank putzen.
Als Simon von Utrecht damit fertig war, hob er Stines Hose auf. Zwischen zwei Fingern hielt er sie ein Stück von sich ab.
»Die bewahre ich auf! Gewiss das seltsamste Andenken an unseren Sieg über diesen Störtebeker und seine Piraten!«
Stine sah die Hosen, die ihr der Vater geschenkt hatte, nie wieder.

»Ich werde wohl nie mehr Hosen tragen«, sagte Stine.
Sie stand mit Albrecht an der Reling. Sie sahen Hamburg entgegen. So oft hatten sie von dieser Stadt geträumt! Stine hatte die Pfeffersäcke besiegen und ihre Reichtü-

mer an die Armen verteilen wollen. Stattdessen war sie selbst eine Gefangene der Pfeffersäcke und das Beste, was sie noch erhoffen konnte, war, wieder Unterschlupf in Kaufmann Holters Haus zu finden. Albrecht hatte sich oft zu Herrn Holter und der Mutter zurückgewünscht. Bald schon würde er sie wiedersehen und konnte sich doch nicht freuen.

»Was es mit den Pfeffersäcken auf sich hat, das hat er gelernt. Nun soll er lernen, was es heißt, Pirat zu sein.« Zum ersten Mal fielen ihm Störtebekers Worte wieder ein. Ja, Albrecht war in Störtebekers Schule gegangen. Er gehörte nirgendwo mehr hin. Nicht zu den Kaufleuten, nicht zu den Piraten und schon gar nicht zurück aufs Rittergut.

Racker kläffte.

Albrecht nahm ihn hoch und streichelte ihn.

»Ich muss immer wieder daran denken, wie Krummsäbel ihn mir gab. Mir wurden die Fesseln zerschnitten. Krummsäbel gab mir Zeichen. Unter seiner Jacke lag Racker, still und wie gestorben. Ich dachte, Krummsäbel habe den armen Hund unter seiner Jacke begraben. ›Dem soll's besser gehn als mir‹, sagte er. Wenn man das ein Sagen nennen kann. Es war mehr ein Krächzen. Ich nahm den toten Hund, um Krummsäbel seine verwirrte Hoffnung zu lassen. Und als wir in dem Boot saßen, das uns hierher auf die ›Bunte Kuh‹ gebracht hat, merkte ich – es zuckte unter meiner Jacke! Ich holte Racker heraus und tropfte ihm Wasser zwischen die Lefzen. Da wurde er wieder munter.«

»Ach Albrecht ...«, sagte Stine. Sie lehnte ihren Kopf an seine Schulter.

»Dich hab ich genauso ins Leben zurückgebracht«, sagte Albrecht. »Du warst schon weit weg und am Verdursten.

Wenigstens blieb dir das Abschiednehmen erspart. Es war schlimm, als ich sie das letzte Mal sah: Krummsäbel, den Narbigen, deinen Vater an dem Mast.«
»Ich habe alles genauso mitgekriegt wie du«, sagte Stine.
Albrecht sagte nichts. Er streichelte Racker. Eine Weile war Stine still.
»Stimmt schon, es war gut, dass du mir Wasser gegeben hast«, sagte sie dann. »Aber bilde dir nichts darauf ein.«
»Gewiss nicht«, sagte Albrecht. »Ich hab nur getan, was ich musste. Mit Gottes Hilfe.«
»Oh, wie schrecklich, wie entsetzlich, wie unausstehlich du bist!«, rief Stine aus.
Sie drehte sich einmal um sich selbst und riss die Arme in die Luft.
»Es ist zum Verzweifeln, wie treu und gottgefällig du bist! Nicht zum Aushalten ist das!«
Sie schlug die Hände vors Gesicht. Albrecht und Racker sahen sie erschrocken an.
Stine ließ die Hände sinken. Jetzt war sie still und ernst.
»Trotzdem liebe ich dich«, sagte sie.

31

Racker lag auf einem Fell vor dem Kamin. Er rollte sich von der Seite auf den Rücken, knickte die kurzen Beine an und gähnte. Sein bunt gescheckter Bauch war kugelrund. Noch nie war es ihm so gut gegangen wie in Kaufmann Holters Haus! Darum hatte er auch nicht die geringste Lust, dieses Haus zu verlassen. Er schloss ein-

fach die Augen und tat so, als hätte er Albrechts Pfiff nicht gehört.
»Racker, hierher!« Albrecht stampfte mit dem Fuß auf. Racker musste gehorchen.
Kalt war es draußen. Gestern um diese Zeit hatte die Herbstsonne warm geschienen, aber heute war der Himmel grau und das Licht trübe. Trotzdem war ganz Hamburg auf den Beinen.
Stine und Albrecht wussten, warum, auch wenn Herr Holter und die Mutter es ihnen immer noch zu verheimlichen suchten.
Heute sollte Stines Vater sterben.
Es war schon merkwürdig, dass Stine das denken konnte und dabei einfach so vor dem Holter-Haus stehen blieb und wartete, bis Albrecht den Hund angeleint hatte, damit er ihnen im Gedränge nicht verloren ging. Warum schrie und tobte sie nicht? Oder blieb in einem dunklen Winkel des Hauses und weinte vor sich hin?
In langen Wochen hatte Stine sich an das Unglück gewöhnt, wie man sich irgendwann mit einer unheilbaren Krankheit abfindet. Sie tat nichts mehr dagegen. Außer dass sie jeden Tag mit Albrecht und Racker zum Rathaus ging, wo der Vater mit seinen Likedeelern gefangen saß.
Herr Holter bemühte sich darum, ihr den Zutritt in die Kellergewölbe zu verschaffen, in denen die Piraten eingesperrt waren. Ohne Erfolg. So blieb Stine bei Sonne wie Regen vor dem Rathaus stehn, bis ihre Beine nicht mehr wollten. Da musste sie fort.
Als sie heute am Rathaus ankamen, erfuhren sie, dass man die Piraten schon herausgeholt und zum Grasbrook geführt hatte.

Der Grasbrook war eine große Wiese unten am Hafen. Dort stießen sie auf eine Menschenmenge, die ihnen wie eine Mauer das Vorwärtskommen unmöglich machte. Sie versuchten, sich hineinzudrängen, sich durchzuschieben – umsonst.
»Es geht los!«, rief einer vorn den Hintenstehenden zu. »Der Scharfrichter Rosenfeld ist da!«
»Er hat das große eiserne Schwert!«, rief ein anderer.
»Nichts zu sehen!«, schimpfte ein Mann vor Stine. »Die Reichen sitzen auf Tribünen, die lassen sich nichts entgehen, Pfeffersäcke und Ratsherren! Und wir?« Er stieß und drängte.
»Unruhestifter!« Ein Söldner packte den Mann am Arm. »Ich zeig's dir! Komm mit!«
Er zog den Mann mit sich.
»Hilft ihm keiner ... er hat doch gar nichts getan ...«
Der Mann, der neben dem Fortgeführten gestanden, drehte sich zu Albrecht um.
»Die Luft brennt«, sagte er. »Da soll keiner auch noch Öl ins Feuer gießen. Hunderte Söldner sind heute eingesetzt, was meinst du, wenn die losschlagen ...«
Plötzlich wurde er von einem lauten Ruf übertönt.
»Gottes Freund, aller Welt Feind!«
»Das sind die Unsren«, sagte Stine. »Es sind noch viele ... das höre ich!«
»Siebzig haben sie nach Hamburg gebracht und vierzig sollen übrig sein«, sagte jemand. »Die andern sind im Kerker und unter der Folter gestorben.«
Racker jaulte und zerrte an der Leine. Er riss sich los und verschwand zwischen fremden Beinen.
»Racker!«, rief Albrecht. »Zurück!«
Wieder dröhnte es: »Gottes Freund, aller Welt Feind!«

Diesmal war es ein wildes, aufgeregtes, schreiendes Durcheinander. Dann Stille. Und dann sagte ein Alter: »Gott segne dich, Klaus Störtebeker.«
Er senkte den Kopf und faltete die Hände.
»Der feine Kerl«, sagte eine Frau. »Armen Leuten hat er gegeben, den Reichen genommen.«
»Ich will nach Hause«, sagte Stine.
»Racker ist fort!« Albrecht hielt Stine fest. »Wir müssen warten, bis die Leute sich zerstreut haben. Sonst findet er uns nicht.«
Sie machte sich los und ging.
Einen Augenblick zögerte Albrecht. Dann lief er ihr nach.

Racker war längst wieder im Haus. Er hatte sich unten vor der Kellertür zusammengerollt und kam nicht herauf. Albrecht schimpfte mit ihm. Dann wollte er sich mit ihm vertragen und lockte ihn. Racker aber rührte sich nicht. Er war durch nichts von diesem Fleck fortzubewegen.
Vier Tage vergingen. Racker fraß nichts und sein kleiner runder Bauch wurde flach.
Albrecht bat Herrn Holter, sich den Hund anzusehen. Aber Racker knurrte ihn an und ließ sich nicht anfassen.
»Wir müssen ihm den Platz verleiden«, sagte Herr Holter. »Am besten mit Lärm. Lärm ist Hunden der schlimmste Schmerz.«
Nun hatten alle, die dem Kaufmann dienten, sich abwechselnd zum Keller hinunterzubegeben und mit Töpfen, Deckeln, Kellen, Sieben aus Kupfer und anderem Metall ein lautes Spektakel aufzuführen.
In der Nacht erlaubte der Herr eine Pause. Mit Albrecht legte er sich oben an der Kellertreppe auf die Lauer. Da sahen sie, wie Racker, als er sich unbeobachtet glaubte, mit

den Pfoten die Erde des Kellers aufscharrte. Bald hatte er ein Loch gegraben und steckte seine Schnauze hinein. Albrecht und Herr Holter eilten die Treppe hinunter. Racker wollte an ihnen vorbei, aber Albrecht erwischte ihn. Er zog dem Hund einen schmutzigen Lappen aus dem Maul. Als er ihn genauer betrachtete, erkannte er, dass es ein Stück von Krummsäbels Jacke war.
»Das habe ich in seinem Versteck gefunden«, sagte Herr Holter und trat zu Albrecht.
Er klopfte Erde von einem Schuh und hielt ihn ins Lampenlicht.
»Einen Schatz hast du bewacht, Racker!«
Er streichelte den Hund.
Der Schuh war aus Gold.

In Stines Rock lag der goldene Schuh.
»Es ist der letzte Gruß von deinem Vater. Racker hat ihn dir gebracht«, sagte Herr Holter.
»Sie haben Vaters Kopf auf einen Pfahl gesteckt«, sagte Stine.
»Das haben sie mit allen Likedeelern so gemacht«, sagte Albrecht.
»Für dich ist es schlimm, Kind«, sagte die Mutter. »Und doch ist es nichts Besonderes, sondern zur Abschreckung üblich. Daran siehst du nur, wie gefährlich Klaus Störtebeker immer noch für die Hanse ist.«
»Ich weiß, dass dir Vater gleichgültig ist«, sagte Stine.
Sie nahm den Schuh und drückte ihn an die Brust.
»Du hast ihn immer verleugnet.«
»Ich wollte nur nicht mit dir darüber reden, Stine. Es hätte dir doch weder geholfen noch dich glücklicher gemacht.«

»Du gehst um den heißen Brei! Dabei ist es ganz einfach. Du kannst mir ganz einfache Antworten auf ganz einfache Fragen geben. Zum Beispiel, ob Vater arm war oder reich. Warum er von dir fortging. Wieso er mich nie besucht hat. Und so fort! Aber all das habe ich dich schon hundert Mal gefragt und Albrecht auch! Du willst keine Antwort geben!«
»So holt doch nach, was versäumt wurde!«, forderte Herr Holter die Mutter auf. Und zu Stine sagte er: »Du hast inzwischen genug Erfahrung, um dir vorstellen zu können, dass es von deiner Mutter nicht schlechte Absicht war! Sie musste dich schützen! Das Kind von einem Piraten! Rückt zusammen und vergesst den Ärger, der in eine andere Zeit gehört!«
Er zog sich einen Stuhl heran und winkte auch Albrecht, sich zu Stine und der Mutter zu setzen.
Nun saßen sie beieinander und alle sahen die Mutter an, und sie sagte immer noch nichts.
»Ist es so schwer für dich?«, fragte Herr Holter. Er legte seine Hand auf ihren Arm.
Sie lächelte. »Es war eben mein Geheimnis. Es gehörte ganz allein mir. Warum soll ich es hergeben?«
»So war sie immer, immer, immer!«, schrie Stine. Sie sah Herrn Holter an, als brauchte sie seinen Beifall.
»Hab ich kein Recht darauf?«, fragte die Mutter.
»Nein! Er war mein Vater! Mein Vater!«
»Das war er nicht, Stine.«
»Oh doch, er war es gewiss«, sagte Albrecht.
Und er erzählte, wie er Stine und Klaus Störtebeker gefunden und miteinander erlebt hatte – wie Vater und Tochter eben.
»Ja, dann hast du geschafft, was mir nicht möglich war,

Stine«, sagte die Mutter. »Du hast dir selbst einen Vater gegeben!«
»Ich will diese Andeutungen und Wortverdrehungen nicht mehr hören! Ich gehe fort.« Stine stand auf und wollte aus dem Zimmer.
Kaufmann Holter hielt sie fest. Und Stines Mutter rief er an: »Sprich nicht so mit dem Kind! Sag ihr frei heraus, wie es wirklich war!«

»Du willst wissen, woher dein Vater kam – ich weiß es nicht. Manche sagen, aus einem Dorf in Mecklenburg, andere von Rügen, aus dem Hannoverschen oder dem Friesenland. Du willst wissen, ob er reich war oder arm – auch das kann ich dir nicht sagen. Es war mir damals ganz und gar gleichgültig! Schön war er, der Klaus Störtebeker, und schmuck angezogen. Bekannt war er auch in der Stadt. Vor Jahren schon hatte es eine Prügelei gegeben, die großes Aufsehen erregte, und er war dabei gewesen und der Stadt verwiesen worden. An diesem Martinstag war er jedenfalls wieder in Wismar und ich auch. Ich habe Verwandte dort, wie du weißt, und kam mit den Meinen vom Dorf, um Gänse zu verkaufen. Auf dem Marktplatz waren Stände aufgebaut, da roch es nach Gebäck und heißem Wein. Die Kirchenmänner ritten durch die Straßen, als Sankt Martin verkleidet, und verschenkten Nüsse und Honigkuchen. Wir wurden alle Gänse los. Die Eltern erlaubten mir, zum Tanz zu gehen. Fideln, Flöten und der Dudelsack spielten auf und da sah ich ihn. Ich musste ihn ja sehn, denn er überragte alle. Mit jeder Hand stemmte er einen schweren Eichentisch und protzte mit seiner Stärke. Dann ließ er sich Bier bringen im größten Krug des Wirtshauses und trank es in einem

Zuge aus. Was für ein grober Kerl ist das, dachte ich und ahnte nicht, dass ich ihm bald darauf gehören sollte. Da war der Tanz vorbei und er hatte mich auch gesehn. Er ließ mich merken, dass er nicht grob, sondern wunderbar zärtlich war. Er war ja viel älter und klüger als ich. Er nahm mich mit sich, dorthin, wo die Gäste ihre Pferde in der Herberge des Wirtshauses untergebracht haben. Neben dem Stall war das Lager für Heu und Stroh. Das roch so vertraut, wie zu Haus, und ich verlor alle Scheu. ›Wir wolln uns nicht um das Gerede und die Ordnung der Leute kümmern‹, sagte er. ›Lass uns tun, wonach uns ist! Uns keine Gedanken machen um das Zuvor und Danach! Wir wollen wild und frei und froh sein wie sonst nie!‹

Ach, das war ein schönes Lied! Dergleichen hatte ich noch nie vernommen. Ganz allein in mir hatte es schon gesungen, merkte ich, nur hatte ich es bis zur Stunde nicht gewusst. Ich wollte auf mich hören! Jetzt! Wir waren beisammen und blieben so, bis ich einschlief.

Einmal ging er leise fort und kehrte mit einem Strauß zurück von allem, was der graue November an Schönem hat. Er flocht mir das Haar und steckte mir die letzten Hagebutten in die Zöpfe, machte mir eine Krone von Stechpalmenzweigen und schob die ersten Christrosen dazwischen. Dann streichelte er mich wieder und mir wurde warm wie unter der lieben Sonne. Er küsste mich, dass ich meinte, hundert Schmetterlinge setzten sich auf meine Haut. Und so konnte es geschehen, dass zum Winteranfang Sommer war und die Ordnung der Zeit sich von ihm und mir aus den Fugen heben ließ.

Als der Morgen graute und es sich in Haus und Hof zu regen begann, stand er auf und hob mich hoch. Ich dachte,

er wird mich mitnehmen und auf immer bei sich halten. Aber er setzte mich ab auf einem Thron von Stroh. ›Du bist die Königin! Vergiss das nie!‹, sagte er und ging. Ich stand da oben und sah, wie er unten das Tor öffnete. Auf die Welt draußen war über Nacht der Raureif gefallen.
Ich habe ihn nie wiedergesehn.«

»Das stimmt nicht!«, sagte Stine. »Ich selbst habe beobachtet, wie er nachts heimlich zu dir gekommen ist und du in der Stiefelkammer mit ihm zusammen warst.«
»Nicht mit Klaus Störtebeker. Nie mehr. Wenn ich auf dem Gut mit einem Mann zusammen war, dann ist es der Ritter gewesen, dein Vater, Albrecht. Das war Sünde. Und um der Gräfin willen bitte ich dich um Vergebung.«
Albrecht dachte an die Frau, die ihn geboren hatte. Sie hatte ihn nie gewollt und sich immer zu schwach gefühlt für das Leben. Einsam war sie gestorben, kaum dass der Vater das Rittergut verlassen, um mit Wulflams Schwertkämpfern seinen Sohn von Klaus Störtebeker zurückzuholen.
Und dann sah Albrecht die Frau an, die er seine Mutter nannte. Arm war sie gewesen und eine Schande mit dem unehelichen Kind, eine Leibeigene und eine Ehebrecherin. Und saß nun kostbar gekleidet als eine Freie in des ehrbaren Kaufmann Holters Haus.
Was hatte er zu verzeihen? Ihm fiel einfach nichts ein.
Nachdem sie eine Weile umsonst auf Albrechts Antwort gewartet hatte, fuhr die Mutter fort: »Um jeden Verdacht zu zerstreuen, tat der Ritter, als begäbe er sich auf eine Reise. Nachts kam er heimlich aufs Gut zurück. Er trug dann Kleider, die er anderswo versteckt hielt und nur an-

zog, wenn er mich treffen wollte. Er liebte mich, so böse es mit ihm und mir auch endete.«

»Er liebte dich noch im Tod«, sagte Albrecht.

»Und zu dir, Stine, war er die ersten Jahre wie ein Vater. Du hattest ja keinen.«

»Wie du das sagst, Mutter!«, rief Stine. »Als ob Vater daran schuld war! Ein Pirat kann sich eben nicht um die Seinen an Land kümmern. Wie sollte das gehn?«

Sie winkte ab. Die Mutter hatte sowieso keine Ahnung vom Piratenleben.

»Du warst längst geboren, bevor Herzog Albrecht zum Kaperkrieg aufrief und Klaus Störtebeker ein Pirat wurde! Frag mich nicht, wo er die ganze Zeit zuvor sich herumgetrieben!«, sagte die Mutter. »Ich aber wurde schwanger und damit wurde alles schlimm, und ich merkte, wie schlimm es für eine Frau ist, wenn sie nicht an das Danach denkt. Viel schlimmer als für einen Mann. Zu Hause schlugen sie mich und ich lief fort und wurde eine Landstreicherin. Nur gut, dass die Leute mir erst im Sommer ansehen konnten, dass ich dich trug. Der Sommer war schön und machte es leichter. Wenn ich einen Schmetterling sah, dachte ich an Klaus. Dann bewegtest du dich in meinem Bauch und ich begann mich auf dich zu freuen. Der Schmied nahm mich in sein Haus. Er musste es dem Ritter melden, seinem Herrn. Der war einverstanden, ohne dass er mich gesehen hätte. Er sah mich erst, als er eine Milchmutter für Albrecht suchte.«

»Wenn der Ritter dich liebte, warum hat er uns nicht freigelassen?«, fragte Stine.

»Anfangs war es mir keine Fessel, leibeigen zu sein. Das hieß ja auch, ich stand unter seinem Schutz. Dein Vater,

Albrecht, war ein guter Herr, der treu und redlich für die Seinen sorgte. Böse wurde er erst später. Denk nicht zu schlecht von ihm, Stine! Der Ritter hatte dich lieb. Was wäre ohne ihn aus uns beiden geworden? Klaus wusste ja nicht einmal, dass es dich gab, dass er eine Tochter hatte.«
»Er wusste es«, sagte Stine finster. »Ohne zu zögern, ohne zu fragen hat er mich angenommen, als ich bei ihm ankam. Ich glaube dir nichts.«
Die Mutter war still und dachte nach.
»Nein, er konnte es nicht wissen«, sagte sie dann. »Vielleicht hat er sich ein Kind gewünscht. Er war über das beste Mannesalter hinaus. Womöglich hat er doch manchmal an das Danach gedacht. Was ist nach dem Tod? Ohne Kinder sind wir dann nichts. Ihr verlängert uns in die Zukunft. Das hat er vielleicht entdeckt, als er dich sah. Ich wünsche es ihm jedenfalls. Denn so ist er leichter gestorben.«
»Wollt ihr nicht einen Schlusspunkt setzen?«, fragte Herr Holter.
Die Mutter nickte.
»Du willst nur, es soll alles gut sein«, sagte Stine.
»Ja, das hätte ich gern. Aber du glaubst mir nun einmal nicht und ich kann es nicht erzwingen. Ich hatte eben Recht, dir nichts zu erzählen! Hätte ich doch mein Geheimnis für mich behalten!«
Die Mutter erhob sich rasch. Sie hatte Tränen in den Augen.
»Mutter! Du kannst weinen!«, rief Stine.
Sie sprang auf, stellte sich vor sie hin und sah der Mutter aufmerksam ins Gesicht.
»Daran bist du schuld!«, sagte Albrecht. »Du kannst so hässlich zu Mutter sein! Oft bist du das gewesen!«
»Wie heißt du überhaupt, Mutter?«, fragte Stine.

»Kristine.«
»Der gehört dir, Kristine«, sagte Stine und gab ihrer Mutter den goldenen Schuh.

32

»Ich muss doch sehen, wie dir die neuen Hosen passen«, sagte Albrecht.
Er kam über den Schiffsbauplatz, Racker ihm voraus, und trat ans Feuer. Schnee war gefallen und machte den Schiffsbauern das Weiterarbeiten unmöglich. Stine saß mit ihnen bei heißem Minztee, Brot und Speck.
»Racker, fang!«, rief sie.
Racker erwischte das Stück Schwarte noch in der Luft.
Die Zimmerleute lachten. Sie machten Albrecht Platz. Er sah aus wie ein Kaufherrnsöhnchen, aber sie kannten ihn besser. Stine und Albrecht, das waren für sie die Piratenkinder, die Kinder von Klaus Störtebeker. Sie waren begierig, von ihnen immer neue Einzelheiten aus dem Likedeelerleben zu hören.
»Simon von Utrecht will im Frühjahr auf Piratenfang«, sagte der Schiffsbaumeister. »Dann bringt er Gödeke Michels und den Magister Wigbold nach Hamburg, prahlt er.«
»Lass ihn prahlen«, sagte Stine. »Er kriegt sie doch nicht. Likedeeler wird es immer geben.«
Albrecht sagte nichts. Er wusste, mit den Likedeelern würde es bald vorbei sein. Eher gab die Hanse nicht nach. Das war beschlossene Sache für alle Kaufleute, die er

kannte. Er kannte viele und kam täglich mit ihnen zusammen – in den Kontoren, in den Speichern, im Rathaus, auf dem Markt. Für die Kaufherren war er nicht das Piratenkind, sondern Herrn Holters Erbe.

»Hast du schon gehört, warum Vater es nicht geschafft hat, an allen Likedeelern vorbeizugehn?«, fragte Stine ihn.

Er wusste, was sie meinte. Die ganze Stadt erzählte davon. Ein Vierteljahr war seit der Hinrichtung vergangen, aber die Leute fanden immer etwas Neues zu berichten. Nun hieß es, Klaus Störtebeker habe dem Bürgermeister, der auf der Tribüne gesessen, eine letzte Bitte vorgetragen. Er wünschte, als Erster an den Richtblock zu treten. Und wenn ihm der Scharfrichter Rosenfeld den Kopf abgeschlagen, wollte er sich wieder erheben und an der Reihe seiner Likedeeler entlanggehen. Ohne Kopf. An welchem Pirat er vorbeigegangen, dem sollte die Freiheit geschenkt werden.

Die Ratsherrn und Pfeffersäcke lachten. Der Bürgermeister dagegen verzog keine Miene.

»Ja, das wollen wir uns ansehn«, sagte er. »Deinem Wunsch ist stattgegeben.«

Klaus Störtebeker tat das Unmögliche. Ohne Kopf stand er vom Richtblock auf und ging die Reihe seiner Piraten ab. Bis zum fünften Mann schaffte er es, manche meinten sogar, bis zum elften.

»Und warum ist er nicht weitergekommen?«, fragte Albrecht.

»Weil ihm der Rosenfeld einen Holzklotz zwischen die Füße warf!«, sagte Stine.

»Nein, er hat deinem Vater ein Bein gestellt«, sagte ein Zimmermann.

Albrecht sagte wieder nichts. Was bedeutete es schon, an wie vielen Männern Klaus Störtebeker vorbeigekommen war? Am Ende hielt der Bürgermeister sein Versprechen doch nicht. Alle Piraten wurden hingerichtet.
Außerdem schenkte Albrecht der ganzen Geschichte keinen Glauben. Aber er begriff, wie wichtig den Leuten das Geschichtenerzählen war. So wichtig wie für ihn das Träumen von einem anderen Leben mit Stine.
Die meisten armen Leute hofften nicht mehr auf ein anderes Leben. Nicht für sich. Für die Kindeskinder vielleicht. Ja, für die Kinder und Kindeskinder lohnte es sich, einen wie den Klaus Störtebeker und seine Likedeeler lebendig zu halten. Und lebendig blieb er nur, wenn sie von ihm erzählten. Und was sie erzählten, musste wunderbar genug sein, dass sie ihr elendes Dasein darüber vergaßen. Je schlechter es ihnen ging, desto verrückter wurden die Geschichten.
Albrecht hielt nichts von Märchen. Er lernte den Handel kennen und war stolz auf Stine, die ein Schiff baute. Später würden sie zusammen nach Helgoland gehen und den Piratenschatz in der Höhle heben. Den Schatz brauchten sie unbedingt. Denn sie wollten ganz anders leben als alle Menschen, die sie kannten. Anders als die Gräfin oder der Ritter selbstverständlich, aber auch anders als die Mutter und Kaufmann Holter. Anders sogar als Klaus Störtebeker. Es musste etwas Neues dran sein, etwas Nie-Dagewesenes, wenn sie eines Tages als Frau und Mann mit einem eigenen Schiff in die Welt hinaussegelten. Jedenfalls würde Albrecht kein richtiger Kaufmann sein und niemand sollte ihn je »Pfeffersack« nennen. Und Stine würde keine brave Frau werden und nicht das Träumen und das Davonstürmen lassen.

Racker kläffte und flitzte durch den Schnee auf etwas Schwarzes zu. Das Schwarze bewegte sich und krächzte. Anstatt es zu packen, stoppte Racker und wedelte mit dem Schwanz.
»Oskar!«, rief Stine und sprang auf.
»Oskar! Oskar!«, krächzte der Vogel.
»Oskar lebt! Oskar ist wieder da!«, rief Stine.
Sie stand da in Hosen, die Krähe auf der Schulter und lachte.
Und Albrecht, der nichts hielt von Märchen, musste glauben, was er sah.

Alexandra Rak (Hrsg.)

Von Gestern und Morgen

Mit 21 Autoren durch zwanzig und ein Jahrhundert

Zwanzig Jahrhunderte sind seit Beginn unserer Zeitrechnung vergangen. Jahrhunderte, die von den positiven, aber auch von den negativen Ergebnissen menschlichen Denkens und Handelns geprägt waren, von Unrecht, Kampf und Unterdrückung.
Die Geschichten von 21 namhaften Jugendbuchautoren zeigen, dass es den Mächtigen dieser Welt zu allen Zeiten um Machterhalt, Ruhm und Reichtum ging und den so genannten kleinen Leuten von allem ums Überleben, um Freiheit und Selbstbestimmung. Dabei spannt sich ein Bogen vom alten Judäa bis in die Gegenwart und Zukunft.
Die Anthologie enthält Beiträge von Carmen Blazejewski, Adelheid Dahimène, Martina Dierks, Zoran Drvenkar, Susanne Ellensohn, Karen-Susan Fessel, Christa Holtei, Josef Holub, Dirk Lornsen, Paul Maar, Doris Meißner-Johannknecht, Bettina Obrecht, Harald Parigger, Mirjam Pressler, Margret Rettich, Nina Schindler, Thomas Schmid, Karla Schneider, Anita Siegfried, Gregor Tessnow und Arnulf Zitelmann.

Verlag Friedrich Oetinger · Hamburg

Joan Aiken
Die Todesklippe von Aratu

Kurz bevor das alte und stinkende Handelsschiff »Siwara« die Südseeinsel Aratu erreicht, verlassen die Schaben das Schiff. »Wegen der Schlangen«, erklärt der Captain der jungen Dido Twite. Dido soll auf Aratu Lord Herodsfoot, den Botschafter des englischen Königs, ausfindig machen und nach London zurückbringen. Damit beginnt eine Kette von Abenteuern, denn auf Aratu wimmelt es nicht nur von Giftschlangen und Stachelaffen. Gefährlich ist auch Manoel, der Bruder des Inselkönigs. Er versucht die Herrschaft an sich zu bringen und schreckt auch vor Mord nicht zurück …

Verlag Friedrich Oetinger · Hamburg

Kirsten Boie

Der durch den Spiegel kommt

»Auf einmal findet man einen Spiegel und schon muss man eine Heldin sein.«

Eines Tages begegnet Anna auf der Wiese zwischen den Hochhäusern einem Kaninchen und neben ihm liegt ein doppelseitiger Spiegel. Zweimal sieht Anna hinein – und plötzlich ist sie im Land-auf-der-anderen-Seite. Verschwunden sind Hochhäuser und Autos und in der Ferne blinken die Lichter eines kleinen Dorfes. Damit beginnt ein phantastisches Abenteuer …

»Kirsten Boie ist Deutschlands wichtigste Kinder- und Jugendbuchautorin.« (DIE WELT)

Velag Friedrich Oetinger · Hamburg